Coleção Mistério Astrolábio

Luiz Galdino

O mistério da Cobra de Fogo

Ilustrações: Roberto Melo

Cortez Editora

© Direitos de publicação
CORTEZ EDITORA
Rua Bartira, 317 – Perdizes
05009-000 – São Paulo – SP
Tel.: (11) 3864-0111 Fax: (11) 3864-4290
cortez@cortezeditora.com.br
www.cortezeditora.com.br

Direção
José Xavier Cortez

Editor
Amir Piedade

Preparação
Dulce S. Seabra

Revisão
Oneide M. M. Espinosa
Roksyvan Paiva
Thiago Blumenthal

Edição de Arte
Mauricio Rindeika Seolin

Dados Internacionais de Catalogação na Publicação (CIP)
(Câmara Brasileira do Livro, SP, Brasil)

Galdino, Luiz
O mistério da Cobra de Fogo / Luiz Galdino; Roberto Melo, ilustrações — São Paulo: Cortez, 2006.

ISBN 85-249-1197-2

1. Literatura infanto-juvenil I. Melo, Roberto II. Título.

06-0643 CDD-028.5

Índices para catálogo sistemático:

1. Literatura infanto-juvenil 028.5
2. Literatura juvenil 028.5

Impresso no Brasil — março de 2006

Sumário

1

Rumo à selva

Jorge Alves não conhecia muito bem a turma que estava para receber em sua casa, no interior do Pará. Por isso, dias antes, conversara por telefone com o grupo reunido na casa de Lucimar, em São Paulo. Na verdade, quem conversara fora o filho Nando, o amigo deles. O homem incumbira-se apenas de transmitir o verdadeiro motivo da ligação.

— O Josué, motorista da reserva, estará esperando por vocês no aeroporto de Belém... Vai estar segurando uma placa da reserva biológica.

— E vai estar com aquela roupa de camuflagem de selva — completou Nando.

— A estrada para a reserva é boa, vai até o Maranhão... Mas, se preferirem um pouco de aventura, o Josué pode deixá-los em Salinópolis e vocês vêm de barco.

— Barco? Litoral? Que máximo!

Do outro lado da linha, o adulto sentiu o entusiasmo do grupo e começou a arrepender-se da idéia.

— Lucimar, eu estava brincando... A navegação na região não é brincadeira; a viagem por terra é mais confortável.

— Tudo bem, seu Jorge, a gente vai pensar no assunto.

— Faça isso, Lucimar. A viagem de São Paulo a Belém já é longa...

Depois que o filho se despediu dos amigos e recolocou o fone no lugar, Jorge Alves pressentiu que a escolha estava feita. Em outras palavras, a viagem ia começar do jeito que não devia. E o culpado era ele mesmo. Enfim, bastara a conversa ao telefone para começar a entender aqueles jovens alegres e falantes, que vira tantas vezes brincando ou lanchando em sua casa quando ainda eram crianças.

Os jovens fizeram exatamente como o pai de Nando imaginava que fariam. Após horas de vôo e sob a impressão causada pela imensidão da floresta amazônica, decidiram ir até o litoral e completar o percurso de barco. É verdade que se arrependeram, mas então já era tarde. Durante o trajeto, não se haviam animado sequer com as belezas do deslumbrante litoral norte. Somente depois que o barco chegou ao destino, conseguiram aliviar a tensão que marcava suas faces.

O barco aproximou-se lentamente do cais, emitindo apitos roucos e intermitentes. Como já haviam deixado o mar fazia algum tempo e entrado pelo rio, deviam ter chegado. E,

de fato, a idéia confirmou-se. Quando estavam muito perto de tocar a murada, um tripulante atirou a corda destinada à amarração. Logo a seguir, baixou a escada do convés à plataforma.

— Desconfio que chegamos — comentou Lucimar, os belos olhos negros atravessando o vidro de proteção.

— E o Nando? — interrogou Tetê, ao seu lado. — Será que já chegou?

— Não estou vendo... Espere um pouco, acho que é ele!

A amiga aproximou-se, estreitando os olhos míopes por trás das lentes, ao mesmo tempo que tentava descolar do peito a camiseta banhada de suor.

— Onde está, que eu não vejo?

No exato instante em que o ruído do motor silenciava, Lucimar apontou para o casal vestido de bermudas, que chegava apressado, quase correndo.

— Ali, olhe... junto com a garota.

— Garota? — estranhou Tetê. — Vamos descer! Vamos!

Sem nenhuma pressa, Lucimar passou a escova pelos longos cabelos negros e só então se deu conta:

— Olhe só! O Caco continua dormindo.

No banco de trás, um garoto de calça jeans e camiseta de super-herói abriu dois olhos sonolentos e retrucou:

— Não se preocupem, estou bem acordado.

— Pensei que tivesse morrido! — comentou Tetê. — Você não abriu a boca desde que entramos no barco.

— Estou morto mesmo: de calor.

Em pé no corredor, com a mochila às costas, Lucimar encarou o amigo e ironizou:

— Acho bom ressuscitar! Ainda temos uma viagem até a fazenda do Nando — inventou ela.

Mal-humorado, o garoto pegou sua mochila e, colocando-a sobre os ombros, lamentou:

— Não sei onde estava com a cabeça quando aceitei vir para este fim de mundo. A culpada é você!

— Devia ter pensado nisso antes. Agora, é tarde — disse Tetê, dando a conversa por encerrada.

2

Entre amigos

Os três jovens nem sequer haviam posto os pés em terra quando a festa começou. No lado oposto da amurada, os recém-chegados pulavam e gritavam.

— Lucimar! Tetê! Caco!

— Nando!

— Que alegria ver vocês de novo!

E haja coração! Nando transbordava de alegria, no que era correspondido pelas garotas. Por fim, conteve-se para desabafar. Puxando as amigas pelos ombros, confessou:

— Cheguei a duvidar que vocês viriam!

— Que é isso, Nando? Eu não disse que vinha?

— Eu sei, Lucimar... Mas uma viagem de São Paulo ao Pará não é como passar o fim de semana em Ubatuba.

Nando falava e gesticulava o tempo todo; custou-lhe perceber a curiosidade das amigas pela sua acompanhante. Meio sem jeito, caiu em si e explicou:

— Poxa! A emoção é tanta, que ia me esquecendo... — Voltando-se para a garota, apresentou: — Esta é Fernanda...

— Oi, Fernanda — cumprimentou Lucimar.

— Eu sou Tetê... uma das amigas mais antigas do Nando — apresentou-se a garota de óculos, abraçando a desconhecida.

Por fim, surgiu quem faltava.

— Caco! Não acredito! Você veio!

Nando praticamente o arrancou da escada. Lucimar encarregou-se da apresentação:

— Esse é o Super-Caco!

Fernanda ofereceu-lhe a mão, ao mesmo tempo que indagou:

— Oi... Você é algum tipo de super-herói, é?

— É o famoso Superchato! — retrucou Tetê.

Riram todos com a brincadeira, menos o garoto. Em seguida, recolheram as bagagens e acompanharam o anfitrião.

— Vamos caminhar até a saída. O Josué ficou de passar para pegar a gente.

— Nossa! Ele já chegou? — surpreendeu-se Tetê.

— A viagem de carro é mais rápida.

— Você não disse que morava perto do porto? — cobrou Lucimar.

— Aqui, tudo é perto. O problema são as bagagens.

Puseram-se a caminho, enquanto trocavam informações.

— E aí, Nando... já se adaptou?

— Olha, Tetê, não foi fácil, não. Imagina só: trocar São Paulo pelo Pará. Ainda se fosse Belém...

— Imagino!

— Com o tempo, porém, a gente acaba descobrindo as vantagens de uma cidade pequena. Passa a valorizar coisas a que antes não dava importância. Além disso, tem a reserva biológica...

— Eu, hein! — reagiu Caco sem nenhum entusiasmo.

Tetê e Lucimar ladeavam o amigo a quem tinham ido visitar, enquanto atrás Fernanda tentava animar Caco, que observava a paisagem careteando a todo instante. À exceção do ruído de motos, reinava uma calmaria absoluta.

— Você já viu algum lugar mais tranqüilo, Caco?

— Tranqüilo demais pro meu gosto! — reagiu ele de forma antipática.

No momento em que desciam da guia e se preparavam para atravessar a rua, motoqueiros surgiram de surpresa e avançaram da esquina próxima em louca disparada.

— Meu Deus! O que é isso?

— Cuidado, Caco!

— Socorro!

— Atravessem! Rápido!

Segundos depois, no lado oposto da rua, os jovens observavam apalermados os motoqueiros, que se afastavam

em alta velocidade. O líder do bando passara tão próximo do grupo que Caco teve sua mochila arrancada e atirada para o alto.

— O que é isso, Nando? — indagou Tetê, tremendo ainda por causa do susto. — Eles vieram pra cima da gente!

— Queriam nos atropelar! — concordou Lucimar espantada.

— São uns ignorantes — ele se limitou a dizer, enquanto recolhia a mala de Caco no chão.

— Não dá pra entender — reclamava Lucimar. — Se fosse em São Paulo, tudo bem. Mas aqui...

De boca aberta, o rosto sem cor, Caco fixava a ruela por onde o bando desaparecera com suas possantes máquinas. Tetê observou-o por um instante e provocou:

— E então, Caco... Ainda está achando a cidade muito tranqüila?

O garoto encarou-a encabulado, mas não disse nada. Estava muito assustado.

3

Triângulo das Bermudas

O tal de Josué, um caboclo amorenado que os recebera em Belém e os deixara em Salinópolis, não demorou a juntar-se a eles novamente e conduzi-los de carro até a casa de Nando. Durante o trajeto, trocaram idéias sobre a viagem de barco sem muita animação. O ânimo só voltou depois que entraram na casa do anfitrião e a simpática Milica, uma senhora de seus cinqüenta e tantos anos, se apresentou com a bandeja e vários copos de suco natural.

O delicioso suco de cupuaçu teve a capacidade de revigorar os jovens, que se mostravam mais animados. Recomposta, Lucimar foi diretamente ao assunto:

— Muito bem, Nando... Qual é o problema com os motoqueiros? Não me diga que não gostam de estranhos.

Como o jovem relutasse, Fernanda adiantou-se:

— Na verdade, a questão é com o Paulão...

— Paulão? Quem é esse Paulão? — interrogou Tetê.

Nando esticou a vista como se a resposta estivesse lá adiante. Observou a longa mesa de cedro maciço com suas cadeiras de espaldares altos, os quadros desbotados nas paredes manchadas, o assoalho de ripas largas mostrando esconderijos de bichos variados. E continuaria, provavelmente, não fosse a nova interferência da amiga.

— Fale, Nando! Seus convidados devem estar assustados.

O garoto assentiu com a cabeça e iniciou:

— Os alvos éramos eu e a Fernanda. Infelizmente, quem sofreu foi o Caco.

Os olhos de Nando procuraram por Fernanda e ela assumiu:

— O Paulão anda despeitado porque nas últimas férias eu vim pra Curupá e saí umas vezes com ele...

— Espera aí — interrompeu Caco surpreso. — Quer dizer que você não mora em Curupá?

— Eu moro e estudo no Rio com minha avó. Só venho pra cá nas férias.

Lucimar ouviu a explicação e tornou ao assunto:

— Resumindo: você é o "xis" da questão!

— É mais ou menos isso — consentiu a garota. — Pra mim, o Paulão era apenas um amigo, mas, pelo visto, ele me considerava sua namorada.

— Aí você resolveu sair com o Nando e o garotão ficou uma fera, certo?

Fernanda hesitou, Nando tentou explicar:

— Nós nos conhecemos numa festinha, trocamos idéias... e ficamos amigos. O Paulão, porém, não consegue ver as coisas dessa maneira.

Lucimar juntou as mãos no alto e levantou-se numa pose teatral, quase recitando:

— Ah, o que eu não daria pra ser pivô de uma história romântica como essa!

Nando tratou de corrigir no ato:

— Você não entendeu bem, Lucimar. Aliás, a diferença com o Paulão não é só por causa da Fernanda...

— Nossa! Tem mais? — interessou-se Tetê. — Isso é um verdadeiro "Triângulo das Bermudas".

Encabulado pelas indiretas, o garoto continuou:

— Ainda não tive tempo de contar. Meu pai foi lançado candidato à presidência do sindicato...

— Presidente do sindicato?

A surpresa foi geral, porque todos sabiam que Nando e o pai se haviam mudado para Curupá fazia apenas alguns anos.

— Como vocês sabem, ele veio trabalhar na reserva biológica. Entretanto, por causa do sucesso que o projeto dele alcançou na Superintendência da Pesca, no Maranhão, os pescadores o procuraram...

— Estamos sabendo. Naquela época, você ainda estava com seus avós em São Paulo e nos mostrava as cartas dele.

— O problema é que aqui ele teve de vencer uma série de resistências pra implantar a cooperativa... Mas conseguiu. E com isso ganhou o apoio dos pescadores.

Como ele abrisse uma pausa, Lucimar manifestou-se:

— Eu não entendi o que isso tem a ver com o Paulão.

— É mesmo, Nando. Qual é a relação? — secundou Tetê.

— Acontece que o Beirão, o atual presidente do sindicato e candidato à reeleição, é pai do Paulão.

Lucimar e Tetê entreolharam-se muito sérias. Caco traduziu o que elas pensavam:

— O caldo vai engrossar!

4

Mistérios insolúveis

Ocupado num trabalho na zona rural, o pai de Nando só apareceu no fim do dia, quando o grupo de jovens tomava um delicioso lanche com frutas, sucos e sorvetes locais.

— Puxa! Eu não acredito! — exclamou ele surpreso.

— Oi, seu Jorge, há quanto tempo!

— Como vai o presidente do sindicato? — brincou Tetê.

O homem tirou o chapéu às pressas e, a seguir, viu-se dominado por braços que vinham de todos os lados.

— Que alegria ver vocês aqui! Para ser franco, não estava acreditando que vocês viriam, não.

— Pois aqui estamos nós, em carne e osso!

— Fico satisfeito que tenham vindo; só não fui ao porto porque estava no mato. Aqui é assim: a gente sabe quando sai e nunca quando volta.

— É sinal de que trabalho não falta! — retrucou Lucimar.

Jorge Alves fitou-a por um instante e considerou:

— Aqui tem trabalho pra uma vida inteira, Lucimar. Entretanto, é um trabalho penoso, perigoso às vezes. Existe muita desconfiança em relação a sindicatos, cooperativas. E há os conflitos de terras...

— Eu tenho visto alguma coisa nos jornais — interveio Tetê. — Falam em verdadeiros exércitos armados por fazendeiros. Acho que a morte do Chico Mendes, no Acre, teve a ver com isso, não teve?

— Tetê, o bicho é mais feio do que pintam! E isso acontece todo dia; a imprensa é que nem sempre publica.

O semblante do homem havia-se tornado sério. Caco perguntou com voz trêmula:

— Seu Jorge, o senhor... o senhor não tem medo, não?

— Quem tem medo não sai de casa, Caco. E assim mesmo se arrisca a que a casa lhe caia em cima. O meu trabalho é esse. Se estivesse tudo funcionando certinho, eu não teria o que fazer.

Nando ouvia e observava o pai com indisfarçável admiração, mas quem se manifestou foi Lucimar:

— Eu não entendi bem, seu Jorge. O senhor está trabalhando na reserva ou na área da pesca?

— Eu vim como funcionário da reserva biológica, mas lá tudo caminha bem e eu resolvi dar uma mão aos pescadores... E, como o dinheiro é curto, ainda faço medições. Aí reside o perigo maior.

— Se ele for eleito presidente do sindicato, vai ter que deixar a reserva e o serviço de agrimensor — esclareceu Nando.

Tetê virou-se para a amiga e, tocando-lhe com o cotovelo, disse:

— Quando você for jornalista, poderá fazer uma reportagem sobre as cooperativas pesqueiras ou os conflitos de terras... Já pensou nisso?

— Ah, você pretende ser jornalista? — interessou-se Jorge Alves, puxando a cadeira de balanço para a frente.

— De preferência, da Globo! — espicaçou Caco.

— Pretendo, sim — confirmou Lucimar, ignorando o aparte. — Vou prestar vestibular pra Jornalismo.

Milica tirava a mesa de ouvido atento à conversa. Diante da referência, decidiu intervir:

— Por falar nisso, seu Jorge, viu o jornal de hoje? — E, antes que o homem pudesse responder, ela adiantou o assunto: — O Boitatá atacou de novo!

Todos perceberam: Nando mal disfarçou o riso, porém o pai afetou interesse.

— Ih, foi na Enseada, foi?

— Foi. Destruiu tudo que foi rede!

— Deixa ver.

Enquanto ela falava, pegava o jornal e entregava ao patrão. Este correu a vista pela página que a empregada lhe apresentara e passou-a, em seguida, às garotas, cujos olhos estavam arregalados.

— Vejam isso... A Cobra de Fogo atacou de novo. Curupá tem mistérios que vocês nem imaginariam.

— Deixa ver! Deixa ver, seu Jorge — Lucimar praticamente arrancou o jornal das mãos de Tetê.

Reuniram-se todos à volta do jornal aberto sobre a mesa e puseram-se a ler em silêncio. As reações variavam: Nando e Tetê não se impressionaram nem um pouquinho; em compensação, a Caco e Lucimar só faltava se enfiarem pela página adentro. Ao final, a menina levou a mão ao peito, emocionada:

— Meu Deus! Eu imaginava que o Boitatá fosse apenas uma lenda dos índios!

Tetê ouviu a amiga com ar maroto, porém, antes de dizer qualquer coisa, preferiu aguardar a opinião de Jorge Alves. Com ar complacente, o pai de Nando deixou claro:

— Você pensou certo, Lucimar. O Boitatá só existe no universo das lendas amazônicas.

— E essas aparições, os testemunhos de pescadores, as redes rasgadas... Como o senhor explica tudo isso?

Ele pousou-lhe as mãos nos ombros e encarou-a, fitando-a no fundo dos olhos.

— Lucimar... antes de mais nada, eu diria que esse não me parece um jornalismo muito sério. Espero sinceramente que, se você for jornalista um dia, jamais escreva nada a partir de boatos.

Enquanto a amiga se recuperava, Tetê tentou uma teoria:

— Pensando bem, pode ser até que exista alguma coisa. Quem sabe um plano para afugentar os pescadores.

Jorge Alves ouviu e retrucou:

— Também pensei nisso. E me perguntei quem ganharia com o possível abandono das terras pelos pescadores...

— Exatamente! — tornou a garota. — Alguém poderia estar aplicando o golpe do Boitatá pra espantar os pescadores e depois comprar as terras de graça.

— Só há um detalhe que não bate — interveio Nando. — A faixa de terra onde vivem os pescadores pertence à União. É terra que não pode ser vendida.

— É verdade, seu Jorge?

Decepcionada com a confirmação, Tetê concordou:

— Então só pode ser crendice de pescador mesmo!

Milica estalou os lábios em sinal de desaprovação e retirou-se para a cozinha. Lucimar não se deu por vencida:

— Meu faro jornalístico diz que tem coisa por trás disso tudo! E quer saber do que mais, seu Jorge? Vou seguir o seu conselho...

Como ele não entendesse, a menina esclareceu:

— Vou descobrir o que há por trás dessa história. Então, escreverei uma reportagem e venderei para algum jornal de São Paulo.

Ninguém levou muito a sério a promessa. E a discussão só cessou com a volta da Milica, que vinha acompanhada de um velho humildemente vestido. Assim que percebeu a presença dele, o dono da casa interrogou em tom irônico:

— Oi, Aristides... Não me diga que o Boitatá atacou também a Aldeia?

O velho cumprimentou o grupo com um aceno de cabeça e retrucou sério, na direção do anfitrião:

— Muito pior, seu Jorge... Roubaram o compressor da câmara frigorífica.

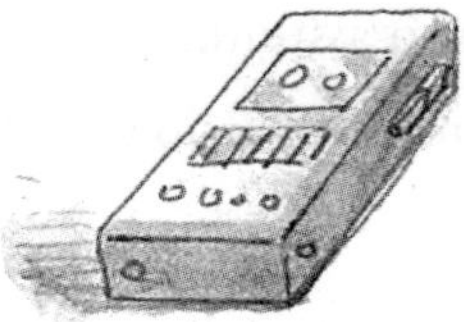

5

A jornalista vai à luta

A história do compressor roubado pôs um fim na discussão sobre o Boitatá, pois o fato deixara Jorge Alves muito preocupado. E assim, tão logo amanheceu, ele e o pescador saíram. Logo após a retirada dos adultos, Lucimar levantou-se decidida:

— Pessoal, se me dão licença, eu vou à luta.

— Contra quem? — questionou Tetê.

— Vou botar a história do Boitatá em pratos limpos!

— Eu vou com você — ofereceu-se Caco.

Ela o examinou sem muito entusiasmo, mas acedeu:

— Está bem. Pegue o meu caderno, que está em cima do criado-mudo, e traga-o aqui.

Enquanto o menino corria até o quarto, chegou Fernanda.

— Oi, gente, tudo bem? Refizeram-se do susto?

— O novo inimigo é o Boitatá — ironizou Tetê.

Nando aproveitou para retomar o assunto:

— Lucimar, você está levando muito a sério esse boato. Isso é história de pescador.

— Não me diga que acreditou no jornal? — indagou Fernanda com ar divertido.

— Olha, se é cobra eu não sei. Alguma coisa, porém, está apavorando os pescadores e eu vou descobrir o que é — retrucou ela, inabalável.

Diante de tanta obstinação, Nando capitulou:

— Tudo bem! Por onde nós começamos?

— Nós, vírgula! — objetou Lucimar. — Se vocês não acreditam na história, como poderão ajudar?

— Você não conhece ninguém aqui — ponderou o garoto.

— Isso é o que você pensa! Minha primeira testemunha será Diógenes Prata, o diretor do Imparcial.

— Boa idéia! — aprovou Fernanda, rendendo-se ao interesse da outra. — Ele já ouviu muita gente sobre o caso, deve ter um arquivo e tanto.

Nando voltou à carga. Arrependido, alegou:

— Lucimar, você nem conhece a cidade...

— Não me faltará quem informe onde fica o jornal.

— Tudo bem. Já que está dispensando a gente, procure o Mirinho. Ele é filho do seu Aristides pescador e trabalha no jornal. Como vive na Enseada, talvez tenha alguma informação interessante.

— Eu o procurarei. — E, com um gesto de dedo, chamou: — Caco, vamos!

Enquanto a menina atravessava o jardim fronteiriço à casa, Nando comentava, com uma ponta de sorriso nos lábios:

— A Lucimar não mudou nadinha.

— A Lucimar? É mais fácil o Boitatá existir que ela mudar! — considerou Tetê.

Fernanda ouviu e opinou:

— Meu pai acha que essa história de Boitatá é coisa pra vender jornal; parece que os negócios de seu Diógenes não andam bem das pernas. De qualquer modo, é bom que a Lucimar se interesse por algo, ou este mês em Curupá vai demorar uma eternidade pra passar.

— Eu já arranjei ocupação — anunciou Tetê. — Estou engajada na campanha de seu Jorge.

Nando riu e revelou, virando-se para Fernanda:

— A Tetê era a agitadora-chefe do colégio, em São Paulo.

— Se ela gosta... Eu detesto política!

— O doutor Carneiro, pai da Fernanda, já foi prefeito, secretário de Estado...

— E felizmente se aposentou da política! — cortou a garota, sem dar chance à visitante.

— Tudo bem — aceitou Tetê. — E, agora, que tal arranjar algo pra fazer? Ou vamos ficar o dia inteiro de papo pro ar?

Diante dos olhares indagativos das garotas, Nando propôs:

— A gente podia ir até a sede da cooperativa pra dar uma olhada na câmara. Quem sabe descobrimos alguma pista sobre o desaparecimento do compressor?

— Podemos ir. Assim, a Tetê conhecerá a nossa praia.

— Ótimo! Vamos lá!

A caminho da Enseada, os três passaram pela sede do jornal, onde encontraram Lucimar e Caco, e combinaram de reunir-se mais tarde, após a execução das tarefas.

— Tudo bem. Assim que terminarmos aqui, iremos para a cooperativa — prometeu Lucimar.

De novo na rua, Nando, Fernanda e Tetê retomaram o rumo da Enseada, uma pequena aldeia de pescadores, onde ficava a sede da cooperativa. Antes, porém, de alcançarem o objetivo, pararam numa sorveteria, que o calor não estava para brincadeira. No alto da ladeira, que desembocava na praia do rio, Nando abriu os braços, como se quisesse abarcar a cidade, e comentou:

— Como você pode ver, Tetê, não é preciso muito tempo pra conhecer a cidade.

— É como eu dizia — comentou Fernanda. — Acho ótimo a Lucimar ter encontrado algo com que se entreter, porque aqui, em Curupá, não acontece nada.

— A não ser uns atropelamentos, não é?

— Curupá é uma cidade pacata; aquilo foi uma ignorância. E a paisagem é bonita — redargüiu Nando.

— Eu estou preocupada é com a paisagem política — retrucou Tetê.

Talvez porque não gostasse de política, Fernanda tratou logo de desviar o assunto:

— De qualquer modo, está um belo dia. Pena que a praia do rio não seja boa. Seria preciso ir até o litoral.

— De fato, está um sol de fazer inveja, hein, Nando?

Tetê esperou a resposta. Alheio ao comentário, o jovem fixava os olhos à frente, mais precisamente na casinhola onde funcionava a sede da cooperativa.

— Ah, não! — suspirou Fernanda, ao descobrir o motivo.

— O que houve? — indagou Tetê, cuja miopia a impossibilitava de ver a cena.

Diante da casa, estáticas, enfileiravam-se quatro motocicletas, reluzentes como cavalos de metal. Sobre elas, quatro cavaleiros de óculos escuros e ar ameaçador acompanhavam a aproximação dos jovens.

6

Cara a cara

— Caco! Se fosse outro no seu lugar, eu lhe daria um beijo!

— Poxa, Lucimar, você diz cada coisa. Eu sou o seu melhor amigo.

— A-mi-go! Não se esqueça disso, tá?

A garota irradiava alegria, ele era a frustração em pessoa. Se pudesse, desaparecia terra adentro, debaixo dos próprios pés.

— Lucimar... não dá pra esquecer só um minutinho que eu sou eu e... e... e me dar aquele beijo?

— Está vendo? — ela disse, censurando-o. — Eu tento ser sua amiga e você me vem com essa história doida. É por isso que não dá certo. Será possível que você não entende as coisas?

Lucimar caminhava a passos firmes, indiferente à frustração do companheiro. Estava satisfeita com os resultados obtidos na sede do jornal. Ao dobrarem a rampa que os levaria à cooperativa, sua atenção foi despertada pela cena inesperada.

— Olha lá, Caco... Não são o Nando e as meninas?

— Sei lá — respondeu ele, mal-humorado.

— Quero só ver a cara deles quando souberem das novidades.

Ao se aproximarem, porém, Lucimar percebeu algo de estranho. E foi logo perguntando:

— Que cara é essa, gente?

— Olha lá — apontou Tetê, na direção da cooperativa.

— A turma do Paulão? — surpreendeu-se ela. — O que eles estão fazendo lá parados?

— É o que nós gostaríamos de saber! A questão é que a gente pretendia ir até a cooperativa, mas ele cismou de estacionar bem na porta — explicou Fernanda.

— Não tem importância, nós voltamos outra hora — aceitou Nando resignado. — É melhor evitar confusão.

— Eu acho que a gente deveria ir de qualquer jeito! — contestou Tetê.

Lucimar concordou, com toda a ênfase de que foi capaz:

— A Tetê está certa! Se a gente fugir toda vez que encontrar o Paulão, acabaremos não saindo mais de casa.

— Eu até entendo — tornou Nando. — Só não sei se vale a pena se expor a constrangimentos.

— Constrangimento? — retrucou Lucimar. — Pois você vai ver quem é que vai ficar constrangido. Vamos!

E, dizendo isso, avançou em direção ao grupo contrário, não deixando aos demais senão a opção de segui-la.

— Cuidado com o que vai dizer, Lucimar. É melhor não provocar — aconselhou Fernanda.

A garota estacou a poucos passos dos oponentes, e os dois grupos ficaram-se examinando. Ao contrário do previsto, porém, eram os motoqueiros que se mostravam inquietos. Apenas o chefe aparentava tranqüilidade; seus olhos não se desviavam de Fernanda.

— Belas motos! — comentou Lucimar, caminhando diante das máquinas. — Pena que estejam bem na entrada da cooperativa, e nós precisamos entrar.

Paulão era um garoto forte, de físico avantajado para a sua idade. Usava botas militares, camiseta negra com uma caveira branca no peito e calça *jeans*, como os demais. Ouviu a líder, examinou-a de cima a baixo e interrogou:

— Você sabe com quem tá falando, garota?

— Deixa ver se eu adivinho... O bicho-papão, não, não é. Ah, você deve ser o Paulão, acertei?

Ele mastigou o chiclete e confirmou de forma afetada:

— Isso mesmo, garota. Sou o famoso Paulão.

— Famoso por quê? — replicou Lucimar. — Não me diga que é por atropelar pedestres indefesos.

As feições do jovem mudaram visivelmente. Então levantou o dedo em riste e ameaçou:

— Fique fora disso, garota! Eu não me impressiono com cara bonita, não.

— Isso é um elogio? — indagou Lucimar, dengosa.

Ele voltou a examiná-la de forma acintosa. Em seguida, relaxou e consentiu:

— Pode ser.

Lucimar voltou-se então para os companheiros e convidou:

— Vamos, pessoal. — Abrindo passagem entre duas motos, passou. — A conversa está boa, mas nós temos o que fazer.

Tetê acompanhou-a de perto e os demais seguiram a trilha aberta. Antes que Nando conseguisse abrir a porta da cooperativa, Paulão ameaçou:

— Isso não vai ficar assim, não! Tá ouvindo, bobão?

Aberta a porta, entraram, um a um, enquanto as motos aceleravam ruidosamente e partiam em disparada louca. Nando mostrou os três cômodos aos amigos. Na sala principal, funcionava a sede da cooperativa propriamente dita. Ali ficava a câmara de resfriamento do pescado. No cômodo menor funcionava uma oficina, onde o pai guardava ferramentas e instrumentos de medição. E a cozinha devia manter sua função, a julgar pelo coador com resto de pó de café.

Após a vistoria, Lucimar comentou:

— Fernanda... o Paulão não é de jogar fora, não!

— Se gostou, pode levar! — devolveu a garota, rindo.

Tetê reagiu com um muxoxo, após o que, acrescentou:

— De fato, se ele tivesse pelo menos um pouquinho de educação...

Nando desgostou-se do encaminhamento da conversa e interrogou, procurando dar-lhe novo rumo:

— E lá no jornal, hein? Como é que ficou?

— Maravilhosamente bem! — exagerou Lucimar.

E, como ela caminhasse de um lado para outro, mantendo o suspense, Tetê intimou:

— Você vai falar ou vai deixar a gente morrer de curiosidade, hein?

— Além de me fornecer algumas informações interessantíssimas, seu Diógenes me aceitou como colaboradora do jornal.

— Que ótimo, Lucimar!

— Meus parabéns!

— E tem mais! — intrometeu-se Caco. — Amanhã, o Mirinho vai levar a gente até a Aldeia Velha, pra Lucimar fazer a reportagem.

— Sensacional, Lucimar! — alegrou-se Nando. — Nessa nós também vamos!

Apesar do entusiasmo do jovem, Lucimar atirou-lhe um balde de água fria:

— Nada feito! Nós vamos sair a trabalho; então, quanto menos gente, melhor.

— Isso mesmo! — endossou Caco. — O seu Diógenes disse que os pescadores não gostam de estranhos.

Frustrado de novo na tentativa de incorporar-se à programação da amiga, Nando desistiu da viagem e foi até a prateleira à procura de algo. Mexeu, remexeu nos papéis e, quanto mais mexia, mais atônito se mostrava. Ao virar-se para a turma, seu rosto dava a dimensão de sua perplexidade.

— O que foi, Nando? — interrogou Fernanda apreensiva.

— O material de campanha desapareceu.

— Os folhetos do seu pai? — tornou ela. — Tem certeza que não estão em outro lugar?

— Tenho. Fui eu que guardei o material.

Por alguns instantes, dominou o silêncio. Aparentemente, não se sentiam à vontade para pôr em palavras o que o pensamento enredava, até que Tetê traduziu:

— Isso tá cheirando a sabotagem!

7

Tempo quente

No dia seguinte, os garotos haviam acabado de tomar o café quando chegou o dono da casa. Jorge Alves havia saído muito cedo e vinha acompanhado de outro homem.

— E aí, seu Jorge... Alguma novidade sobre o compressor? — indagou Lucimar.

— Por enquanto, nada.

Como os jovens encarassem o estranho, o anfitrião deu-se conta do esquecimento e apresentou:

— Que cabeça a minha! Me desculpem... Este é o Dorico, meu companheiro de luta. Sem ele, não sei o que seria de mim.

— Dorico é o vice do meu pai — informou Nando.

— Muito prazer. — adiantou-se Tetê, com a mão estendida. — Pode contar com a gente.

— Obrigado, moça. Todo apoio é importante.

Após a apresentação e os cumprimentos, Jorge Alves explicou, constrangido:

— Na verdade, o candidato natural à presidência do sindicato seria o Dorico, que está há mais tempo na região...

— Nada disso! — interrompeu o homem. — Eu estava me candidatando porque não havia outro disposto a enfrentar o Beirão. Agora, no entanto, a preferência dos pescadores está clara. O candidato é o Jorge.

— O importante não é ser presidente ou vice... De qualquer maneira, os senhores terão de trabalhar juntos.

— Claro, Tetê. Isso é o mais importante!

O vice acompanhou os apartes, porém demonstrava inquietação. E deixou claro, tão logo se apresentou a oportunidade para falar:

— O problema é que, se o compressor não aparecer, os pescadores não ficarão de braços cruzados. Nem sei o que pode acontecer numa hipótese dessas.

— Cabe a nós dialogar a fim de evitar que aconteça o pior. Depois do pavio aceso, não tem como apagar.

Ao contrário de Jorge Alves, que falava em tom sensato, Dorico andava de um lado para outro, demonstrando nervosismo. Cada vez que falava, gesticulava muito, como se as palavras fossem insuficientes para fazer-se entender.

— Eu não entendo, Jorge: você fala do roubo do compressor como se fosse a coisa mais natural do mundo. E, pra completar, tem o sumiço dos folhetos da campanha. Isso é sabotagem pura!

— Eu vou comunicar o fato ao delegado.

— O delegado... Até parece que você não conhece o Bicalho! Me desculpe, Jorge, mas você está se mostrando ingênuo demais. O Beirão e o Bicalho são farinha do mesmo saco!

Como se não bastasse a exaltação de Dorico, Tetê atirou mais lenha à fogueira:

— Ontem, quando descobrimos o sumiço dos folhetos, o Paulão estava lá com a turma de motoqueiros.

— Está vendo, Jorge? Tá mais que na cara! Eles não se preocupam nem em disfarçar! Por mim, dava uma "prensa" no Beirão até ele se explicar.

— Cuidado com o que diz, Dorico! Nós não temos prova nenhuma contra o Beirão ou contra quem quer que seja.

— A garota acabou de dizer que viu o Paulão na porta da cooperativa! — teimou o vice.

— Isso não prova nada. Não se esqueça de que a sede do sindicato fica ao lado da cooperativa.

As palavras sensatas de Jorge Alves abriram nova pausa, só interrompida algum tempo depois por Tetê:

— Se a gente tivesse uma moto, poderia seguir o Paulão. Com certeza ia descobrir alguma coisa.

O dono da casa riu, condescendente, e contrariou:

— Eu agradeço a solidariedade, mas vocês vieram aqui

gozar férias. Como não são detetives, esqueçam o assunto e tratem de se divertir.

— O senhor não vai fazer nada sobre o desaparecimento dos folhetos? — interrogou o filho.

— Quem tem de fazer é a polícia!

Dorico reagiu com um gesto de desânimo e disse:

— É o mesmo que botar cabra pra tomar conta da horta!

— Será que o Bicalho está mesmo investigando o roubo do compressor? — insinuou Nando.

— Esse delegado não investiga nem briga de galo! — desabafou o vice.

Lucimar ouvia atentamente, mas apesar disso não conseguia entender. De seu ponto de vista, as coisas não pareciam tão óbvias. Tentou clarear a situação:

— Seu Dorico... pelo que eu entendi até agora, todos vão achar que o Beirão foi o responsável pelo sumiço do motor. E, assim sendo, o único prejudicado na eleição seria ele mesmo.

— Espera aí, Lucimar... — interveio Nando. — Não é só uma questão de sindicato. O Beirão é o grande prejudicado com a criação da cooperativa e com a compra da câmara frigorífica. Esse é o ponto principal.

— Como assim?

Jorge Alves passou, então, à explanação:

— Quando eu cheguei aqui, somente o Beirão possuía câmara pra conservação do pescado...

— ...e se aproveitava disso pra explorar os pescadores, pagando preços abaixo do mercado — emendou Dorico.

— Aí o meu pai deu a idéia da cooperativa...

— Os pescadores tinham consciência de que recebiam menos que o devido, por isso ficou fácil. Aristides formou o grupo central da cooperativa e os pescadores se cotizaram para adquirir a câmara, mesmo sacrificando uma parte importante dos seus ganhos.

Jorge Alves propunha-se continuar, mas o filho intrometeu-se, enfatizando o que lhe parecia importante:

— Agora, os pescadores ganham mais, vendendo diretamente aos atacadistas. Antes, eles não podiam esperar: ou faziam negócio com o Beirão, ou os peixes se estragavam.

— Está explicado! — concluiu Tetê, seus olhos brilhando. — É evidente que esse tal de Beirão quer ver o seu Jorge transformado em comida de peixe!

— Credo, Tetê! Isso é jeito de falar, é? — censurou Lucimar pela excessiva franqueza da outra.

— A moça entendeu direitinho! — festejou Dorico.

Jorge Alves, porém, levantou o braço, pedindo calma.

— Continuo a dizer que isso não prova nada. Aliás, o Beirão é um homem rico. O comércio de pescado era talvez seu negócio menos rendoso.

Como todos se calassem, Lucimar encarou os companheiros e encerrou sua participação de maneira prática:

— Querem saber de uma coisa? O seu Jorge sabe o que faz. De minha parte, vou deixar a sabotagem pra depois, que o Mirinho me espera. Caco, as minhas armas!

— Armas? — disse ele, atrapalhado.

— Máquina fotográfica e gravador! O que você imaginou que fosse, hein?

Todos riram da confusão do garoto. Dorico perguntou:

— Aonde é que a moça vai?

— Vai caçar o Boitatá — debochou Tetê.

— Boitatá? — repetiu o homem, antes de dar sonora gargalhada. — A moça acredita em Boitatá, é?

— Tchauzinho, crianças! Prazer em conhecê-lo, seu Dorico — despediu-se a garota, tentando disfarçar a raiva que a dominava por tornar-se motivo central do riso.

Tetê ainda encontrou tempo para uma alfinetada final:

— De Curupá para o Jornal da Globo, Lucimar Pardal.

8

O silêncio é ouro

O veículo conseguido pelo diretor do jornal não passava de rude barco de pesca equipado com um motor de popa de baixa potência. O proprietário cedera-o a troco de pequeno aluguel, que mal cobria a despesa com o combustível. Assim aparelhados, iniciaram a viagem Lucimar, Caco e Mirinho.

Após a cansativa travessia, quando imaginava colher a recompensa, Lucimar não precisou de muito para adivinhar que sua missão seria bem mais difícil do que imaginara. O fato de serem estranhos à comunidade inibia os moradores da pequena vila. No geral, mostravam-se desconfiados, respondendo às questões com monossílabos praticamente arrancados às suas bocas desdentadas. E, quase sempre, o gravador despertava curiosidade maior que o assunto da entrevista.

— Minha senhora, sua vizinha disse que seu marido já viu o Boitatá… a Cobra de Fogo…

— Ele não viu, não. Se viu, não contou.

— Onde ele está agora?

— Foi armar umas redes pra pescar.

Outras pessoas fechavam acintosamente as portas na cara da repórter. E aqueles que se permitiam falar, graças à intervenção de Mirinho, não mudavam em nada a norma da entrevista. Ninguém sabia de nada e jamais havia visto nada. Mostravam-se assombrados com o Boitatá, mas não podiam falar sobre o que conheciam só de ouvir dizer.

— Bem, o Nando avisou que ia ser difícil...

— Esse povo é assim mesmo — disse Mirinho. — É só a gente virar a cara que eles começam a falar do bicho com a maior intimidade.

A esperança dos jovens reduzia-se agora a uma entrevista com Julião, um dos pescadores mais velhos, o qual, segundo o Imparcial, vira o monstro mais de uma vez, subindo o rio, na direção da reserva. Só conseguiram localizá-lo à tarde. Sentado no degrau da porta, o velho apontava um cavaco de madeira com o canivete.

— Seu Julião, já passamos duas vezes... A moça queria conversar com o senhor sobre o Boitatá — avisou Mirinho.

O pescador levantou a vista na direção de dois homens rudes encostados à parede da casa. Lucimar ligou o gravador e interrogou:

— Seu Julião, o senhor poderia nos contar em que circunstância viu o Boitatá?

Após uma pausa breve, intercalada por nova olhada na direção dos homens, o pescador retrucou com voz rouca:

— Boitatá? Isso é boataria.

— Boataria? — Lucimar surpreendeu-se. — O jornal disse que o senhor viu duas vezes! Não disse, Mirinho?

— Disse! Seu Diógenes disse que o senhor viu e contou pra ele — confirmou o garoto.

— Diógenes deve ter ouvido mal.

A repórter encarou o homem sem saber o que fazer. Virou-se para Mirinho, como a pedir socorro, mas ele desviou a vista e encolheu os ombros num gesto dúbio.

— Eu não consigo entender... O senhor não é o Julião?

O pescador interrompeu um instante a operação com o canivete, mirando com o canto de olho um dos homens, que ocupava a janela, e devolveu:

— Deve ser outro Julião.

— Existe outro Julião na vila? O senhor conhece?

— Não conheço, não, senhora.

Respondeu e levantou-se, pronto para entrar. Lucimar ainda tentou:

— O senhor não quer fazer nenhuma declaração?

— Declarar o que, moça? Já disse que não vi nada.

Falou e entrou, fechando a porta atrás de si. Pela primeira vez, os dois homens ensaiaram um riso. A garota percebeu e aproximou o microfone de um deles:

— E vocês... querem falar sobre o Boitatá?

— Boitatá! — repetiu o homem de gorro. — Nunca vi nem cobra da água, que dirá cobra de fogo!

— Engraçadinho!

Lucimar desligou o gravador e guardou-o na sacola, enquanto comentava com seu guia:

— É, Mirinho... acho que não há mais nada a fazer.

O garoto sem camisa ouviu e perguntou:

— Quer voltar pra Curupá?

— Vamos. Está ficando tarde.

Já no cais, Caco externou:

— Não é perigoso sair com esse barquinho de noite?

— Que noite, Caco? — retrucou Lucimar azeda. — De qualquer modo, pra quem já ficou calado o dia inteiro, ficar de boca fechada mais um tanto não vai lhe custar nada.

Mirinho puxou o cordão que acionava o motor e procurou acalmar o companheiro de viagem:

— Não se preocupe, Caco. Até cair a noite, a gente já vai estar lá na Enseada.

Na sua simplicidade, ao garoto só faltava desculpar-se pelo fracasso da reportagem. Lucimar percebeu e calou-se; não queria que se sentisse ainda mais culpado. Aliás, nem ele nem Caco tinham culpa alguma. O que ela queria? Um furo de reportagem logo na primeira investida?

Sentada no centro da embarcação, reparava no tuque-tuque do motor. Apesar do ruído monótono, constante, o barco praticamente não saía do lugar. E a volta incluía alguns quilômetros de mar e outro tanto subindo o Rio Curupá, com mato dos dois lados.

— Você acha que vai dar pra escrever alguma coisa?

— Ora, Caco... o material que eu gravei não dá nem pra uma nota de rodapé, quanto mais pra uma reportagem!

De olho na água e ouvido na conversa, Mirinho rompeu o silêncio que vinha mantendo desde a partida:

— Essa gente é muito desconfiada... Eles não gostam de falar com estranhos... Se fosse gente conhecida, contavam o que sabiam e ainda inventavam por cima.

— Eu não entendo o Julião... Se ele viu o Boitatá e falou com o jornalista do Imparcial, por que não se abriu comigo? O que custava?

A mão presa ao leme, o garoto encarou-a por um segundo e arriscou, um tanto inseguro:

— Eu acho... acho que disseram pra ele não falar.

— E por que proibiriam o Julião de falar?

Mirinho desviou a vista para o horizonte, onde um barco de bom tamanho cortava as águas em velocidade, e declarou:

— Aqueles homens que estavam lá perto da casa, ouvindo a conversa... eles não são da Aldeia. Acho que estavam lá pra impedir o Julião de falar.

Lucimar fixou os olhos nele e perguntou, incisiva:

— Você só desconfiou deles porque eram estranhos ou viu mais alguma coisa?

O garoto atrapalhou-se um tanto, mas confirmou:

— Estranhei também porque, sempre que olhava na direção deles, eles viravam a cara, disfarçavam. Eles já estavam atrás da gente, antes de chegarmos no Julião.

— É verdade, eles estavam nos seguindo! — confirmou Caco.

— Ora, Caco, tinha um monte de gente acompanhando aonde a gente ia. Eu me lembro de pelo menos meia dúzia.

— Mas eles eram os únicos estranhos — teimou Mirinho.

Lucimar examinava a biqueira dos tênis, tentando recordar-se das feições dos homens. Difícil. Para ela, eram todos estranhos, nenhum familiar. Caco desviou a vista e pressentiu o perigo. Apontando para o largo, conseguiu gaguejar:

— O barco... ele tá... ele tá vindo pra cima da gente!

Lucimar observou o barco que se aproximava em velocidade e olhou para o garoto junto do leme. Mirinho hesitou por um instante e, afinal, decidiu-se:

— Pulem! Pulem na água!

Saltaram os três praticamente ao mesmo tempo que a quilha do outro atingia o centro da pequena embarcação.

9

Garotos desaparecidos

Na delegacia não havia novidades.

— Até agora nada, seu Jorge, mas as investigações prosseguem! Ainda há pouco dois soldados estiveram revistando umas casas na Aldeia...

— Você está dizendo que revistaram as casas dos pescadores? — indagou Jorge Alves surpreso.

— Mas foi inútil, o compressor evaporou!

— Não estou entendendo... O senhor suspeita dos próprios pescadores, delegado?

Bicalho balançou o corpanzil na cadeira giratória e perguntou com empáfia:

— O senhor queria que eu suspeitasse de quem?

Diante do silêncio do visitante, o delegado passou da interrogação para as afirmações:

— Só pode ser alguém da vila! Quem mais poderia ser?

Jorge Alves teve vontade de levantar-se e sair, porém venceu o impulso e tentou arrazoar:

— A câmara de resfriamento é um benefício para os pescadores. A troco de que um deles roubaria o compressor?

— Ora, seu Jorge, o senhor sabe quanto custa um treco daqueles. Qualquer vagabundo que vendesse podia deixar de pescar por um bom tempo.

Na sala ao lado, Nando e Tetê ouviam o diálogo com muita raiva. A vontade deles era invadir a sala do delegado e dizer-lhe umas poucas e boas.

— Como é que esse delegado pode ser tão tapado?

— Ele não é nenhum tapado, Tetê. Ele está só acobertando o verdadeiro ladrão!

Em vista do rumo tomado nas investigações do compressor, Jorge Alves mudou de tática:

— De qualquer forma, queria fazer outra denúncia...

— Sei, sei... Sobre o material de propaganda desaparecido.

O denunciante ficou admirado.

— É sobre os folhetos mesmo. Como é que ficou sabendo?

— Em Curupá, as notícias não correm; elas voam.

— Suponho que as investigações estejam em andamento — disse o visitante com uma ponta de ironia.

Bicalho surpreendeu-o:

— Que eu saiba, o caso tá encerrado.

— Encerrado? — espantou-se o queixoso. — Então já sabe quem foi o autor?

A surpresa cresceu no rosto do policial.

— Pelo que me contaram, foi pura molecagem! Não foi isso?

Decepcionado, Jorge Alves tentou manter a calma:

— Se foi molecagem não sei. O fato é que invadiram a casa, que se achava trancada, e roubaram algo que lá estava. E, por coincidência, o candidato adversário saiu beneficiado.

— Beneficiado por quê? — estranhou o outro. — O Beirão vai usar seu material de propaganda?

Na sala contígua, Tetê deu uma cotovelada no amigo.

— Nando, você ouviu essa?

O garoto não respondeu; prestava atenção na pessoa que acabava de entrar. Era um homem grandalhão, de modos bruscos. As botas sujas de barro deixavam um rastro vermelho no ladrilho da sala parcamente mobiliada. Após uma mirada rápida, Tetê tornou ao assunto:

— E se a gente contasse ao delegado que viu o Paulão lá na cooperativa?

O garoto baixou a cabeça e segurou a testa com a mão direita. Tocou-a levemente com o cotovelo, mas ela desentendeu.

— O que é, Nando? Você não disse que o responsável por tudo é o Beirão?

Nando levantou-se e aspirou forte, como se precisasse de ar. Tetê propunha-se continuar, mas, nesse instante, Jorge Alves surgiu na porta da sala do delegado. Quando deparou com o homem de botas, cumprimentou sem muito entusiasmo:

— Boa tarde.

— Boa tarde — atendeu o outro com má vontade.

Já na rua, Tetê retomou:

— Quem era o homem de botas sujas? Parece que seu pai não gostou de encontrá-lo.

— Era o Beirão! — respondeu Nando ressabiado. — Você não percebeu o cutucão que dei no seu braço?

— Puxa vida! Ele ouviu tudo o que eu disse?

— Deve ter ouvido!

— Que mancada!

Jorge Alves, que caminhava pouco à frente, esperou pela aproximação dos jovens e atenuou:

— Se está preocupada pelo que disse na delegacia, fique descansada. O Beirão não dá a mínima para o que possamos pensar dele. É um sujeito muito auto-suficiente.

— Tomara mesmo, seu Jorge. O senhor já tem tantos problemas, só faltava lhe arranjar mais um.

No caminho, fizeram escala numa padaria para comprar pão e tomar sorvete, enquanto punham as idéias em ordem. Depois tocaram para casa, onde Milica esperava na porta.

— Seu Jorge, o Aristides tá aí.

O grupo avançou até a varanda e o dono da casa, após cumprimentar Aristides, indagou-lhe:

— A Lucimar, o Caco e o Mirinho já voltaram?

O homem olhou para os jovens um tanto embaraçado. Milica avisou, com sua boca torta:

— Não é notícia boa, seu Jorge. Houve um acidente.

— Os garotos tão desaparecidos, seu Jorge — confirmou o pescador.

10

Encontro inesperado

Na pracinha singela, o ar de preocupação estampado no rosto dos jovens contrastava com a noite agradável, a lua cheia e a aragem gostosa que soprava do lado do mar. Nando e Tetê sentiam-se culpados.

— A Lucimar só foi em frente porque zombamos do seu interesse. Se eu soubesse...

— Ora, Tetê, se há culpados, somos eu e meu pai, que deixamos os dois aos cuidados de um garoto.

Um pouco deslocada, Fernanda tentava apaziguar:

— Pensamento positivo, gente! Nem sabemos ao certo o que aconteceu.

— Esse é o problema! — insurgiu-se Tetê. — Se ao menos soubesse com segurança o que aconteceu, poderia tomar alguma providência. Mas assim...

— As providências já foram tomadas, Tetê. Os barqueiros estão vasculhando a região e logo, logo teremos alguma notícia.

Fernanda levantou-se do banco, postando-se à frente deles:

— Por que vocês não vão pra casa tomar um chá e tentar dormir? Amanhã, com certeza, eles estarão aqui.

— Dormir? Eu jamais conseguiria pregar os olhos, sabendo que os meus amigos estão perdidos no mar! — devolveu Tetê, num tom de quase revolta.

— Desculpe-me, Fernanda — interveio Nando. — Hoje devemos estar sendo uma péssima companhia.

— Eu gostaria de fazer algo, mas não sei o quê — justificou-se a amiga.

O garoto estendeu a mão para Tetê, que se mantinha sentada, e convidou:

— Vamos pra casa. Se houver novidade, é lá que vão nos procurar.

A menina resistiu por alguns instantes, mas acabou acatando a sugestão. Quando se levantou, Nando propôs:

— Vamos levar a Fernanda até a casa dela e tratar de descansar um pouco.

Puseram-se então a caminho do sobrado antigo e imponente onde vivia a família da garota e que podia ser visto da praça. Quando passaram ao lado do mercado, Nando chamou a atenção das companheiras:

— Tetê, Fernanda, vejam: o Beirão e o Bicalho!

— O que estarão tramando? Daria um doce pra saber.

Tetê estreitava os olhos míopes, inutilmente. Nada via, além dos vultos apagados.

— Se a gente se aproximar um pouquinho, dá pra ouvir...

— Cuidado, Nando, pode ser perigoso — advertiu Fernanda.

— A gente podia usar as colunas na frente do mercado para se proteger da vista deles.

— Se você for, também vou — avisou Tetê.

Nando não aprovava a idéia, mas sabia de antemão que não conseguiria dissuadir a amiga.

— E se nos descobrirem? — perguntou Fernanda.

— A praça é pública! Há alguma lei que nos proíba de ficar atrás das pilastras? — retrucou Tetê.

— Eu vou primeiro! — avisou Nando.

Esgueiraram-se os três, com as costas coladas à parede do velho mercado, de onde Nando correu para trás da primeira coluna. Quando passou para a segunda, Tetê tomou o seu lugar. E, em seguida, Fernanda.

Protegidos pelas colunas, conseguiam captar partes do diálogo, sem entender de que falavam. Porém, quando os homens já se dispunham a partir, os garotos ouviram a voz inconfundível do Beirão, com toda a clareza:

— É bom pra essa "paulistada" aprender a não meter o nariz onde não é chamada!

Os dois riram muito com o dito e encaminharam-se para a caminhonete estacionada junto ao meio-fio, onde se despediram. Atrás das colunas, nas sombras que a Lua projetava, os jovens interrogavam-se mudos e assustados.

ELEGA

11

Uma noite longa

A praia consistia em uma estreita faixa de areia branca, que deixava transparecer, aqui e ali, calombos de terra preta. E, a menos de cem metros para o interior, os arbustos ganhavam força, transformando-se numa vegetação mais densa.

— Pelo jeito, vamos passar a noite no Hotel das Estrelas — comentou Lucimar, examinando à sua volta.

— Isso é alguma piada, é? — impacientou-se Caco.

— Não tenham dúvida — interveio Mirinho. — Esta noite, vamos dormir ao ar livre. A não ser...

— A não ser o quê?

Mirinho encarou a garota e propôs:

— Dentro do mato tem um resto de igreja arruinada. É a Missão Velha...

— Eu não vou passar a noite num lugar mal-assombrado! — retrucou Caco. — Prefiro ficar aqui.

— Também não sei se ainda me lembro do caminho.

— Então é melhor não arriscar — concordou Lucimar.

Deitados na areia, com as roupas molhadas, os três jovens observavam a Lua, já quase no alto do céu. Caco ensaiou, remexeu-se e acabou sugerindo:

— Naquele mato não tem nada pra comer? Deve ter fruta.

— Você não pensa em outra coisa, não? — censurou Lucimar. — Devia dar graças por estar vivo! Aliás, se não fosse o Mirinho, era uma vez um super-herói!

— A gente só tomou um lanchinho... à uma da tarde...

— Por aqui não tem nada, Caco — explicou Mirinho. — O que tem é frutinha do mato, que não enche barriga. E é perigoso: por aqui tem muito mangue, atoleiro...

— Se você estiver com muita fome, pode arriscar — propôs Lucimar.

Não satisfeito, Caco voltou a reclamar:

— É melhor acender uma fogueira! Como é que alguém vai nos encontrar nesta escuridão?

— Ah, é? E, se em vez de pescadores, voltarem os bandidos que nos atacaram?

— Que bandidos? O Mirinho disse que foi acidente!

— Acidente? Pois sim! Se não nos atacaram de propósito, por que não voltaram para conferir?

— Provavelmente, não quiseram se arriscar a ser vistos por outro barco! Também, pela distância da praia, devem ter imaginado que o único com chance de escapar era o Mirinho... e que o resto nadaria como prego.

Mirinho concordou, rindo:

— É mesmo! Ninguém ia imaginar que você nadava como um peixe! E com o equipamento nas costas!

— O palpite deles só estava correto em relação a você — tornou Lucimar, na direção de Caco. — Não fosse o Mirinho, você estaria fazendo companhia aos peixes.

O jovem baixou a cabeça, encabulado. E a garota deu o papo por encerrado.

— Vamos tratar de dormir, que amanhã cedinho retomamos o caminho a pé.

Mirinho já cochilava e Lucimar tentava acomodar-se quando Caco se levantou assustado. Conferiu por um instante e, apontando para o mar, gaguejou:

— Olha... Olha lá, Lucimar...

Os outros dois puseram-se de pé e, assustados, constataram:

— O Boitatá!

— A Cobra de Fogo!

Diante da confirmação, Caco saiu em disparada. Atônita, a amiga observava o estranho ser navegando mansamente pelo canal do rio. Da cabeça enorme partiam dois imensos focos de luz vermelha, à semelhança de olhos. E, logo atrás, três corco-

vas, que se elevavam a mais de metro, refletindo a luz nas escamas prateadas.

— Lucimar, ela tá vindo pra cá!

A garota sentia-se paralisada, demorou a recobrar-se. Então saiu a toda.

— Depressa! Mais depressa, Lucimar! — instigava Mirinho, apreensivo, diante da aproximação do monstro.

Pouco adiante, alcançaram Caco, desesperado:

— Ela já nos viu! Está vindo pra margem!

— Venha por aqui! — chamou Mirinho, entrando na mata. — Só pisem onde eu pisar, por causa dos atoleiros.

Entraram mato adentro sem diminuir a marcha. Apesar do escuro, Mirinho movia-se com desenvoltura, acompanhado de perto por Lucimar. Mais atrás, aos trancos e barrancos, Caco suplicava:

— Esperem por mim! Não me abandonem!

— Corra, Caco, corra! — incentivava Mirinho.

Após alguns minutos de corrida, chegaram a um portal de pedra arruinado. Estavam praticamente sem fôlego. Mirinho avançou pelo portal adentro e Lucimar seguiu-o. Caco estacou na entrada, com os olhos arregalados.

— O que... o que é isso? Tá com cara de casa mal-assombrada! Eu não vou entrar, não!

— Entre, Caco! Anda logo! — intimou Lucimar.

Quando ela correu no encalço de Mirinho, o amigo venceu a resistência.

— Esperem por mim! Esperem!

— Por aqui! — chamou o guia.

Nos fundos do que lembrava uma igreja em ruínas, Mirinho parou e começou a mexer no mato, como se procurasse por algo. Em seguida, deu a volta por trás de uma touceira de capim alto e descobriu.

— Venham! Vamos entrar!

— Nesse buraco? — Lucimar assustou-se.

— O que é isso? — quis saber Caco.

— É um túnel! Podem descer sem medo.

— E se tiver onça aí dentro? — resmungou Caco.

A menina pulou para dentro da cova, onde já se encontrava Mirinho, e, levantando a cabeça, disse:

— Se não quiser saltar, tudo bem. Mas saia de perto do buraco pra não nos denunciar.

Caco nem pensou duas vezes: saltou depressinha. E os três enfiaram-se por uma abertura lateral no fundo do buraco.

— Que lugar é este? — indagou Lucimar admirada.

— É a Missão Velha. O povo diz que este túnel vai dar na praia. Os padres usavam pra fugir dos bugres.

— Psiuuu... quietos! — Lucimar segurou as mãos dos amigos e cochichou: — Acho que ouvi vozes.

De fato, havia gente junto à entrada do poço. Pelo menos três pessoas falavam. Caco ouviu e rompeu o silêncio:

— Estão procurando pela gente.

— Cale a boca! — Lucimar beliscou-o.

— Aiii!

Então ouviram claramente:

— Eles não podem estar longe! Examinem bem cada centímetro.

E uma segunda voz, mais próxima:

— Aqui tem um buraco! Alumie lá dentro.

A luz oscilante de uma tocha iluminou o interior do poço enquanto os garotos se encolhiam dentro do túnel.

— Não tem nada. Tá vazio.

— Procurem na igreja! Atrás do altar.

Quando as vozes se afastaram, Lucimar interrogou:

— E aí, Caco... ainda acha que foi acidente?

Do escuro brotou uma voz vacilante:

— O que... o que eles vão fazer com a gente?

— Não vão fazer nada! Eles não sabem que estamos aqui — devolveu Mirinho. — Vamos esperar até amanhecer, pra ter certeza de que já se foram.

Caco remexeu-se no seu canto e choramingou:

— Eu preciso sair... Eu... eu tô com dor de barriga.

— Essa agora! Era só o que faltava!

12

Visita indigesta

Nando acabava de tomar café quando bateram à porta. Pensou em atender, mas desistiu. Se fosse o pai, teria entrado em vez de bater. Milica correu a atender e voltou acompanhada de Fernanda.

— Oi, Nando, bom dia.

— Bom dia, Fernanda. Quer tomar um suco?

— Obrigada, acabei de tomar em casa. — E, sentando-se ao seu lado, indagou: — Tem alguma notícia sobre o acidente?

— Nada! Só estou esperando a Tetê acordar pra ir até a Enseada, ver se há novidade.

— Eu vou com vocês — disse ela, colocando sua mão sobre a dele.

Encabulado, o jovem agradeceu:

— Obrigado, Fernanda. Você tem sido uma grande amiga.

— Sinto não poder fazer nada de concreto.

Ela falou sem retirar a mão; Nando encarou-a e defrontou-se com dois imensos olhos azuis cravados no seu rosto. E emocionou-se, porque espelhavam sinceridade e ternura. Olhos nos olhos, a menina gaguejou:

— Nando, eu... eu acho que estou...

Nesse instante, a concentração foi rompida pela entrada abrupta de Tetê.

— Oi, gente — cumprimentou ela, desenxabida. — Bom dia.

Nando desvencilhou-se da mão de Fernanda, enquanto Tetê tomava lugar na mesa, servindo-se de suco.

— E o seu Jorge?

— Até agora não apareceu.

O jovem continuava encabulado pelo flagrante, Fernanda tratou de recompor-se:

— Logo teremos notícia... Boas notícias, com certeza.

Apesar do semblante preocupado, Tetê saboreava o suco e os biscoitos de polvilho. Sentia fome, pois, no dia anterior, não conseguira jantar. Mastigou com pressa e interrogou:

— E sobre a conversa de ontem à noite?

— Estive pensando no assunto, depois que me deitei... — começou Nando. — Desconfio que tiramos conclusões precipitadas.

— Ele disse "essa paulistada"! Eu entendi muito bem — contrariou Tetê.

— E você imagina que o Beirão estava se referindo ao acidente? — questionou Fernanda.

— Ontem à noite, nós três imaginamos o mesmo!

Diante do pouco entusiasmo de Nando, a garota fez um intervalo para experimentar o bolo de mandioca. E então tornou à carga:

— Vocês não acham que é coincidência demais, não?

— Eu prefiro acreditar que ele falava de outra coisa, de outras pessoas... Afinal, nós não somos os únicos paulistas na cidade — insistiu o garoto.

— Tomara que você tenha razão.

Nando deu uma olhada no relógio de pulso e preocupou-se.

— Puxa, como é tarde! É melhor a gente se apressar!

No instante em que se levantavam, bateram de novo à porta. Milica foi atender, porém, como a ansiedade era grande, o jovem seguiu-a. Ao abrir a porta, a surpresa não poderia ser maior. Diante deles estava a última pessoa que esperavam fosse bater naquela casa.

— Você? O que... o que você quer aqui? — gaguejou Nando.

— Calma, calma! Nós viemos em paz.

Alemão, companheiro inseparável, balançou a cabeça, confirmando:

— É isso mesmo. Viemos em missão de paz.

— Quem está aí? — interrogou Tetê da sala.

— É... é o Paulão.

— Nós sentimos pelo que aconteceu. Viemos oferecer nossa solidariedade.

E mais não disse. Tetê pegou a jarra de suco sobre a mesa e partiu com tudo para cima dos motoqueiros:

— Seu marginal! Veja o que nós pensamos da sua solidariedade! Tome! Tome!

13

Garotos em apuros

— Estou com uma fome de cão!

— É melhor falar menos e andar mais!

Caco tentava atrair a atenção da amiga de todas as formas possíveis, porém Lucimar só tinha ouvidos para Mirinho, que conquistara sua simpatia pela iniciativa demonstrada nos momentos mais difíceis.

O garoto não sabia precisar quanto tempo gastariam, mas garantia que já fizera a caminhada com o pai sem grandes dificuldades. E era bem menor, na época.

— Acho que dá pra gente chegar até a noite.

Lucimar caminhava com disposição ao seu lado. Na retaguarda, Caco resmungava enciumado:

— Ô moleque enxerido! O que será que a Lucimar viu nele?

Deixava-se atrasar de propósito para evidenciar sua contrariedade. De repente, olhou para trás e encontrou a oportunidade que tanto esperava para destacar-se aos olhos da amiga.

— Um barco! Estamos salvos!

Os dois jovens que seguiam à frente voltaram-se e, ao perceber a aproximação do barco, puseram-se a pular também.

— Aqui! Estamos aqui!

Caco aproveitou-se do momento de glória para aproximar-se e abraçar a amiga.

— Estamos salvos, Lucimar! Salvos! — repetia ele, incansável, fazendo festa.

Os tripulantes haviam desligado o motor e preparavam-se para tocar a praia com um bote inflável. Ao contrário da expectativa, porém, Mirinho mostrava-se tenso, como se estranhasse algo. Percebendo a hesitação, Lucimar indagou:

— O que foi, Mirinho? Algum problema?

— Aquele sujeito com o gorro... — Quando os homens puseram o bote na água, o menino gritou: — Corra, Lucimar! Fuja, Caco!

Os dois vacilaram, tentando entender o que acontecia, até que o piloto gritou de bordo:

— Pega! Não deixa escapar!

Lucimar saiu em disparada atrás de Mirinho. Caco, porém, parecia estar em estado de choque e não se moveu do lugar.

— Corre, Caco! Corre! — gritavam os amigos.

Inútil. Um dos homens, que corria à frente do grupo, segurou-o pelo braço, sem encontrar a menor resistência. E, diante da aproximação dos outros, a menina pôs-se a correr para o lado errado.

— Na mata! Na mata, Lucimar! — gritava Mirinho, sem decidir-se se ia ou esperava.

Em vez de entrar na mata, Lucimar continuou correndo pela praia. E, num instante, o mais ágil dos perseguidores agarrava-a pelos cabelos. Mirinho parou, de novo, indeciso. Então o terceiro homem, que corria com dificuldade, puxou uma pistola da cinta e atirou. O jovem virou-se como se tivesse sido atingido, mas, em seguida, correu para dentro do mato.

— Larga meu cabelo, seu estúpido!

— Atrás dele, seu idiota! Não deixe fugir! — rugiu o homem, lutando para subjugar a garota rebelde.

— Poxa! Pensei que tivesse acertado! — comentou, decepcionado, o sujeito com a pistola na mão.

— Vá atrás dele! O que está esperando?

O homem correu até o ponto em que Mirinho havia desaparecido e entrou na mata de arma em punho. Enquanto isso Lucimar distribuía pontapés no seu opositor, tentando livrar-se do incômodo abraço.

— Solte-me! Solte-me, seu brutamontes!

O sujeito saltava, procurando evitar os chutes, mas não soltava. E ameaçava:

— Calma, menina! Calma ou vai acabar se machucando.

Lucimar respondeu com uma dentada no pulso, que arrancou um grito de dor do grandalhão, mas não conseguiu

desvencilhar-se. O bandido torceu-lhe os braços, prendendo-os às costas, e, enfurecido, virou-se para o outro, que cuidava de Caco:

— O que está esperando pra botar esse moleque no barco?

Ao mesmo tempo que o companheiro obedecia, o oponente de Lucimar levantou-a do chão e, apesar da resistência da garota, conseguiu levá-la até o barco.

— Amarre os dois e amordace! — ordenou. — Essa garota é uma onça!

— É melhor andar logo, pode aparecer alguém! — contrapôs o piloto.

— Temos de esperar o Barriga!

Mal acabou de falar e o perseguidor de Mirinho reapareceu na borda da mata. Muito desenxabido, tinha a camisa rota, deixando à mostra a proeminente barriga.

— E o menino? — interrogou o grandalhão.

— Sumiu! Não sei onde se meteu.

— Essa agora! Pode ser perigoso, porque ele já nos viu na Aldeia Velha.

Esbaforido, o outro tratou de acalmar:

— Olha, eu tenho quase certeza de que acertei o tiro. Ele vai acabar ficando aí pelo mato e será comido pelos bichos.

— É melhor ir embora — tornou o piloto. — Está cheio de barco por aí procurando os garotos.

Os três subiram então a bordo, e o grandalhão comandou:

— Toca, Marciano!

14

Um fio de esperança

Informado de que o pai se encontrava na casa de Aristides, Nando, com as garotas, dirigiu-se às pressas para lá. Vararam pela porta aberta, foram até a rústica cozinha, onde Jorge Alves e o pescador, abatidos pela noite de vigília, tomavam café com rapadura.

— Oi, pai...

— Olá, pessoal — cumprimentou o homem, abraçando o filho.

Tetê não quis saber de dar tempo ao tempo e foi direto ao assunto:

— Conta, seu Jorge! Conta tudo! A gente não suporta mais essa agonia.

Os recém-chegados ocuparam um longo banco de madeira. O pai de Nando aguardou que se acomodassem e fitou-os demoradamente. Avaliava, talvez, o que deviam estar sentindo, e, por isso, custava-lhe falar. Sem outro jeito, iniciou:

— Infelizmente, não há o que acrescentar. Passamos a noite procurando... Mas vocês fiquem descansados, que eles vão aparecer logo, logo. O Mirinho conhece bem esses cantos.

— Muitos pescadores também desistiram da busca porque, dizem, o Boitatá apareceu. Com o dia claro, eles voltarão a procurar.

— Quer dizer: continua tudo igual! — resumiu Tetê.

Jorge Alves sentiu o tom crítico e considerou:

— O problema maior é que o barco da prefeitura está quebrado e as embarcações dos pescadores são frágeis. Estava até pensando em falar com o Beirão...

— Pedir ajuda ao Beirão? — interrogou o filho perplexo.

— Por que não? Numa hora dessas, não podemos pensar em rivalidade política.

Tetê trocou um olhar significativo com Nando e contou:

— Seu Jorge... não faz nem uma hora, eu atirei uma jarra de suco no Paulão.

— Ah, menina... por que você fez isso?

Diante do constrangimento da garota, Nando pediu:

— Pai, daria pra gente bater um papinho... particular?

Jorge Alves saiu em direção ao quintal, o filho seguiu-o.

— Não quis falar na frente de seu Aristides porque, afinal, pode ser apenas coincidência.

Nando relatou o encontro noturno com Beirão e o delegado, chamando a atenção do pai para o diálogo ouvido.

— Você fez bem em me contar, mas não fale disso com mais ninguém — contrapôs o pai. — É evidente que eles falavam de outra coisa. E me faça um favor...

— Diga.

— Leve as garotas pra casa. É melhor que fiquem longe daqui.

— Eu entendo.

Contra a vontade, elas acompanharam Nando de volta para casa. Fernanda afastou-se apenas na hora do almoço e voltou em seguida. Nem precisou perguntar por novidades: o clima na varanda era de completa desolação. Tetê andava inquieta de um lado para outro e repetia a cada instante:

— Onde é que a gente estava com a cabeça pra deixar a Lucimar e o Caco saírem de barco com um garoto?

— O filho do pescador tem muita experiência... Se algo aconteceu, não foi culpa dele.

Tetê dividiu a rede com Nando e Fernanda foi sentar-se na outra. Além das redes, havia uma cadeira de vime e uma longa banqueta de madeira. Sobre a murada enfileiravam-se vasos com plantas ornamentais e, do outro lado, ficava o jardim, que separava a casa da rua.

Apesar do fim de tarde, o calor era intenso. Os três usavam bermudas com camisetas e sandálias, deixando à mostra a pele queimada de sol. Estavam distraídos, quando Jorge Alves abriu o portão da rua. Como os jovens se levantassem ao mesmo tempo, ele espalmou a mão em sinal de defesa:

— Não tenho nenhuma novidade, infelizmente. Nem consegui um barco. Fui falar com um fazendeiro que conheço, mas ele está no mato, caçando.

— E o barco do Beirão? Se não tem outro jeito...

— Até isso tentei. Pedi ao Bicalho que intercedesse, mas o Paulão sumiu com o barco.

O homem tirou o chapéu e ocupou a cadeira de vime. O otimismo da manhã havia desaparecido, cedendo lugar a algumas rugas de preocupação. Após uma pausa breve, considerou:

— Estava pensando se não é tempo de avisar os pais do Caco e da Lucimar...

— Acho melhor esperar mais um pouco. Pode não ser nada, e eles ficariam preocupados à toa — retrucou o filho.

— Além disso, a mãe do Caco só complicaria as coisas. Teríamos um problema a mais pra administrar — opinou Tetê.

— Minha opinião também é essa. Não há nada que eles possam fazer que já não estejamos fazendo — concluiu o pai de Nando.

Após nova pausa, ele anunciou:

— O Diógenes vai dar destaque ao caso no jornal de amanhã. Quem sabe, assim, a gente consegue a ajuda de cidades vizinhas. Aliás, ele está muito preocupado, se sente culpado.

— E com razão! Onde já se viu soltar uma garota...

— Não, Tetê, você está sendo injusta! — objetou Nando. — A intenção foi boa. Nós ficamos felizes pela Lucimar.

— Tetê, vai com calma — acrescentou Fernanda. — Não é acusando as pessoas que vamos resolver o problema.

Enquanto a garota falava, Jorge Alves, que olhava para além do jardim, percebeu quando o jipe do delegado estacionou diante do portão de ferro gradeado.

— O que foi, Bicalho? Alguma novidade? — perguntou, inseguro, aproximando-se.

— O Paulão havia saído com o barco... Lembra que eu falei?

— Lembro. Lembro.

— Pois bem; ele foi ajudar na busca e encontrou o garoto... o filho do pescador...

Nando ouviu e interrompeu:

— Graças a Deus! E, além do Mirinho... os outros... os outros estão bem? — atropelou o jovem.

O delegado não se sentia bem falando diante dos garotos. Encarou-os com ar de censura e prosseguiu:

— O Mirinho estava caído no mato, perto da praia... Ele levou um tiro no ombro.

— Tiro?

Diante da surpresa geral, o policial informou:

— O garoto levou um tiro, mas está passando bem. Está no pronto-socorro.

— E os outros? — questionou Fernanda.

Bicalho mirou-a com pouco caso e, tornando a dirigir-se a Jorge Alves, acrescentou:

— Pelo que o Mirinho disse, eles foram seqüestrados.

— Seqüestrados?

— É o que parece. Os dois foram recolhidos com vida e levados num barco que tinha três ou quatro desconhecidos.

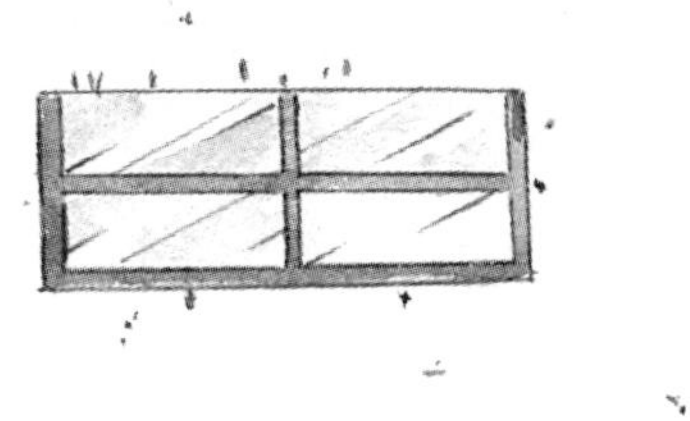

15

Vida de prisioneiro

No meio da tarde, haviam chegado ao destino. Não sabiam precisar quanto tempo durara a viagem pela costa de mar agitado até entrarem pelo rio desconhecido em baixa velocidade. Gastaram então uns poucos minutos, e o barco ancorou junto a um rústico cais. Conduzidos para fora, os garotos foram então desamarrados e libertos das mordaças.

Reconheceram, nesse momento, uma espécie de clareira na mata. No lado direito, enfileiravam-se casebres geminados de madeira, com um estreito passadiço avarandado e assoalhado. No lado oposto, junto de um pequeno lago, havia uma cabana isolada, fixada sobre troncos de madeira.

Assim que se viram livres das cordas, um homem com cara de poucos amigos e armado com um rifle deixou uma das casinhas geminadas e veio ao encontro deles.

— Tudo em paz, Serafim? — interrogou o grandalhão que trouxera Lucimar e Caco.

— Tudo, seu Vicente — respondeu o homem de olhar arisco. E complementou: — O pessoal da barcaça disse que é preciso carregar quanto antes.

— Tô sabendo.

O guarda, que falava e ouvia sem tirar os olhos dos jovens, não suportou a curiosidade e indagou:

— E os meninos?

— Que tem? São nossos hóspedes.

— Hóspedes? — desentendeu o guarda.

— Bisbilhoteiros, Serafim! Precisa ficar de olho neles!

— Não tô gostando disso.

— Você não está aqui pra gostar nem pra desgostar! Que novidade é essa, agora?

O homem do rifle baixou a cabeça contrariado. Vicente voltou-se para Barriga:

— Leve os garotos pra cabana. — E, falando em direção ao piloto: — Marciano, dê uma mão pra esse palerma.

O piloto indicou a construção sobre estacas e convidou:

— Vamos.

Lucimar pensou em correr, mas não encontrou disposição nem forças. Seus membros achavam-se adormecidos pelo longo tempo de imobilidade. Seguiram, ela e o amigo, para o local apontado sem opor resistência. O grandalhão ultrapassou-os e entrou na frente.

— O que está procurando? — interrogou Marciano.

— Nada, só conferindo a segurança.

O sujeito observou a janela de vidro, suficientemente alta para não ser alcançada e estreita o bastante para impedir a passagem de qualquer um dos prisioneiros.

— Vamos, Barriga. Nem eu conseguiria fugir daqui.

O outro bateu com o salto da bota na madeira e aprovou:

— Quem fez isto aqui caprichou mesmo! — Em seguida, virou-se para os hóspedes: — De qualquer modo, é melhor não terem idéias, porque os jacarés ainda não comeram hoje.

— Ja-jacarés? — balbuciou Caco.

— Já devem estar aí, debaixo do tablado, sentindo o cheirinho de carne fresca.

O menino examinou assustado o piso de madeira, enquanto Lucimar se atirava a um canto, sem reação ou comentário. O piloto esperou que Barriga saísse e passou a chave no cadeado.

16

Suspeitas

Apesar de frustrados por não poderem ver Mirinho, os garotos deixaram o pronto-socorro aliviados por saberem que ele estava bem e logo receberia alta.

— Nós vamos indo — despediu-se Jorge Alves. — Nosso drama continua.

— Vai acabar tudo bem — retrucou Aristides.

— Claro! Pelo menos até o momento em que o Mirinho se separou deles, Caco e Lucimar estavam vivos.

Dorico precisava ir à fazenda a fim de pedir ao capataz que ajudasse na busca, e Jorge Alves decidiu levá-lo. Assim, só restou aos três jovens acomodar-se no banco traseiro do jipe e enfrentar o desconforto da viagem.

De ambos os lados da estrada, pedaços de campos revezavam-se com a mata fechada e charcos enlameados, onde os jacarés cochilavam à espera de alguma ave descuidada. Apenas um ou outro animal noturno quebrava, de quando em vez, o silêncio da noite escura.

— O que me intriga no campo é esse silêncio povoado de ruídos noturnos — comentou Fernanda, rompendo o silêncio. E, sem resposta, prosseguiu: — É como se os animais respeitassem a natureza. Às vezes, lá no Rio, fico pensando nisso.

— Pois eu nem vejo a paisagem; fico pensando onde estarão os nossos amigos — respondeu Tetê ríspida.

— Tenha paciência, Tetê — pediu Jorge Alves.

Ao seu lado, porém, Dorico reagiu com impaciência:

— Vai-me desculpar, Jorge, mas pra mim está faltando ação, e não paciência! Às vezes, fico pensando... se a gente desse uma "prensa" no suspeito...

— Que suspeito, Dorico? De quem você está falando?

— Ora, Jorge, não é preciso ser detetive pra ver que tem a mão do Beirão nesse seqüestro!

Jorge Alves cuidava da estrada e encarava o companheiro como se não o compreendesse. Tetê interveio:

— O seu Dorico tá sabendo da conversa que nós ouvimos?

A primeira reação foi a cotovelada de Nando. A segunda, o olhar severo do motorista. Por fim, o homem perguntou:

— Que conversa é essa?

Constrangido, o garoto explicou, como se não desse importância ao fato. O vice de Jorge Alves, porém, gostou do que ouvira:

— Está vendo como as coisas se encaixam? Primeiro, some o compressor, e quem ganha com isso? O Beirão! Depois, some o material de propaganda. Vantagem pro Beirão! Aí, seqüestram os garotos...

— Não se esqueça de que o Paulão salvou o Mirinho! — lembrou Jorge Alves.

— É outra que eu não engulo! Todo mundo procurando desde ontem, e quem acha o Mirinho? Tá na cara que o Paulão já sabia onde procurar.

— Também acho coincidência demais! — concordou Tetê.

O comentário foi seguido de longo silêncio. Dorico, todavia, não se deu por satisfeito. Encarando o amigo, perguntou:

— Jorge, me responda só uma coisa: por que o Mirinho foi resgatado, e os outros dois não?

— O Mirinho foi mais esperto... conhecia a região...

— Mais esperto, com um tiro no ombro? É que o filho do pescador não servia de nada, mas os garotos de São Paulo servem!

— Aonde você quer chegar?

— Ele vai usar os garotos como forma de intimidação pra gente desistir da campanha!

Ninguém conseguiu dizer nada contra a lógica do vice. Aparentemente, tudo se encaixava no plano macabro do Beirão para desestabilizar a candidatura da oposição.

17

A primeira noite

A corrente com cadeado, presa ao barbante da porta, deixava estreita fresta, através da qual se via parte do casario fronteiriço. Por ela passaria a mão e parte do braço; inútil qualquer tentativa de fuga, diante da robustez da madeira e das pesadas cadeias.

Afora a fresta, apenas a janela basculante de um só vidro, horizontal e estreita, situada a uma altura inacessível mesmo para uma pessoa alta. Sua finalidade, com certeza, não era mostrar o exterior, mas permitir a entrada de luz.

Recostados à parede, Caco e Lucimar examinavam sem pressa o interior da cabana. Sentiam-se fracos e debilitados. Desde a tarde anterior não se alimentavam. E a viagem não fora nada agradável: haviam permanecido amarrados e amordaçados, o que os obrigara à quase total imobilidade.

— Lucimar... — a voz saiu débil, medrosa. — Tudo isto está acontecendo mesmo ou é um pesadelo?

— Nossa única esperança é o Mirinho. Se ele conseguiu escapar, a estas horas já deve estar na vila.

A menina falou e levantou a vista para o cadeado da porta. Caco grudou-se instintivamente ao braço da amiga.

Marciano destrancou o cadeado e Barriga entrou com um lampião de querosene, que levantou, comentando:

— Olha os bichinhos como ficaram mansinhos!

O piloto estendeu dois pratos de alumínio com arroz e um ensopado de carne com mandioca.

— Comam! — disse ele. — Vocês devem estar com fome.

— O que vocês pretendem fazer com a gente?

— Não sei, moça, isso é com o chefe.

Como fizessem menção de se retirar, Lucimar pediu:

— Seu Marciano, não dá pra deixar a lamparina? Está escuro aqui dentro.

O homem virou-se para o companheiro e ordenou:

— Deixe o lampião com eles.

Desconfiado, o outro entregou o lampião. E preveniu:

— Cuidado pra não botarem fogo no barraco!

Lucimar ignorou o gracejo e tornou a dirigir-se ao piloto:

— Seu Marciano, aqui não tem banheiro... Não tem sequer uma pia pra lavar o rosto...

— Xi, Marciano, pelo jeito vamos ter de levar a moça pro Hotel Tropical — ironizou Barriga.

O piloto pensou um pouco e decidiu:

— Primeiro, vocês comem. Quando o Serafim ou o Barriga vierem buscar os pratos, vão ao banheiro.

Assim que os homens passaram a chave no cadeado e se afastaram, Lucimar engatinhou até onde estavam os pratos e pegou um deles. Apesar das circunstâncias, os dois comeram com apetite. E logo Caco roncava fragorosamente.

— Caco, acorde!

— Ahã?

— Como você pode dormir com este calor? Às vezes, eu olho pra você e não acredito...

— Como assim? Não entendi.

— Deixa pra lá. Precisamos pensar numa maneira de sair daqui — declarou Lucimar, examinando as paredes.

Caco encarou a amiga como se não a entendesse e disse:

— Fugir daqui? Até agora não nos fizeram mal.

— Ah, sei... E amanhã cedo eles nos libertarão e, ao serem interrogados pela polícia, dirão que queriam apenas passar uns bons momentos em nossa companhia. É isso, Caco?

O garoto confundiu-se, mas logo se recuperou:

— Lucimar, sinceramente, não estou entendendo. Agora há pouco você disse que o Mirinho fugiu e que já devia estar na vila contando o que aconteceu.

— Só tem um detalhe: mesmo que o Mirinho tenha escapado, ele não sabe para onde nos levaram.

Caco calou-se. Lucimar caminhou até a porta, tentando perceber algum movimento. Lá fora, entretanto, tudo se mantinha em silêncio. O amigo olhou por sobre os ombros da menina e constatou:

— Aquelas caixas não estavam na varanda quando chegamos.

— Eles as puseram pra fora depois que chegamos e uma caminhonete já levou a carga — supôs Lucimar.

— Será que são contrabandistas?

— O guarda... o tal do Serafim vem vindo!

Os dois tornaram a seu canto, enquanto o homem abria o cadeado e avisava:

— Tenho ordem pra levar vocês ao banheiro.

— Eu não estou com vontade — retrucou Caco desconfiado.

— Eu vou — ofereceu-se a garota.

Durante a caminhada, aproveitou para examinar melhor o local, mas não viu nada de anormal. O banheiro era uma casinhola de alvenaria com uma bacia e uma pia. Nem a mais leve possibilidade de fuga. A porta tinha apenas um ferrolho. Lucimar abriu uma fresta para espiar e deu de cara com o guarda.

— Já terminou? — indagou ele, com maus modos.

— Só mais um minuto, por favor.

A garota fechou a porta e deixou de idéias.

18

Encontro infeliz

Nando e Tetê chegaram à Enseada com sol quente. O garoto foi o primeiro a perceber:

— O Mirinho está com visitas.

À frente do rancho tosco, descansavam duas motocicletas reluzentes. Tetê adivinhou e azedou.

— Era só o que faltava!

Nando tomou a frente e, entrando, alegrou-se ao ver o amigo bem-disposto:

— Mirinho, que bom te ver são e salvo!

— Você parece ótimo! — secundou Tetê.

— O tiro só fez um arranhão no ombro — justificou o menino.

Após os cumprimentos iniciais, o clima foi dominado por certo mal-estar. O encontro com Paulão e Alemão provocava constrangimentos de parte a parte.

— Sente na cama, Nando — ofereceu Mirinho, recostado à cabeceira do móvel.

Além da cama de casal com colchão gasto, havia apenas um banco de madeira, provavelmente trazido da sala. Paulão cutucou Alemão, ao mesmo tempo que se levantava:

— Podem sentar no banco.

— Não, obrigada — refugou Tetê.

— Acho que vocês já se conhecem — manifestou-se o convalescente, em tom conciliatório.

— Claro! Tudo bem, Paulão? — cumprimentou Nando. — E aí, Alemão?

— Tudo... tudo bem.

Como os recém-chegados ocupassem os pés da cama, Paulão e Alemão voltaram a sentar-se no banco. Mirinho passou a reportar, em tom agradecido:

— Se não fosse o Paulão, eu não estaria aqui. Tinha perdido muito sangue, acho que desmaiei...

— Nós ficamos sabendo. Foi muita sorte mesmo.

Ainda encabulado, Paulão tomou coragem e disse:

— Não fizemos mais que a obrigação. Eu e o Mirinho somos amigos há muito tempo, desde criança...

— Eu pensei que seus amigos fossem todos motoqueiros — retrucou Tetê com ironia.

Paulão baixou a cabeça, Mirinho interveio em sua defesa:

— O Paulão é meu amigo... Cuido do barco dele...

— Quando estive lá, na casa de vocês, estava sendo sincero. Queria realmente ajudar. Se precisarem do barco...

— Pra quê? Pra nos atirar aos peixes? — devolveu Tetê com agressividade.

O filho de Aristides riu com descontração e comentou:

— Fiquei sabendo da jarra de suco que você atirou nele. Mas, quando o conhecer melhor, vai ver que o Paulão é um cara legal, não é, Alemão?

— Eu acho!

— Legal um cara que atropela pedestres com sua moto? A Fernanda fez muito bem em lhe dar um chute.

— Tetê...

Bem que Nando tentou mediar, mas ela não lhe deu tempo:

— E a sabotagem? — virando-se na direção de Mirinho: — Você sabia que o material de propaganda do seu Jorge sumiu misteriosamente da sede da cooperativa?

— Eu não tenho nada com isso! — levantou-se Paulão alterado. — Só fiquei sabendo porque o Bicalho contou pro meu pai.

— Eu acho que nessa o Paulão tá inocente. Ele só quer ajudar — defendeu Mirinho.

— Ajudar? A troco de quê? — quis saber Tetê.

O convalescente encarou o amigo de infância com um sorriso maroto. Paulão arregalou os olhos e exclamou:

— Mirinho, você não vai... Alemão, tá na nossa hora!

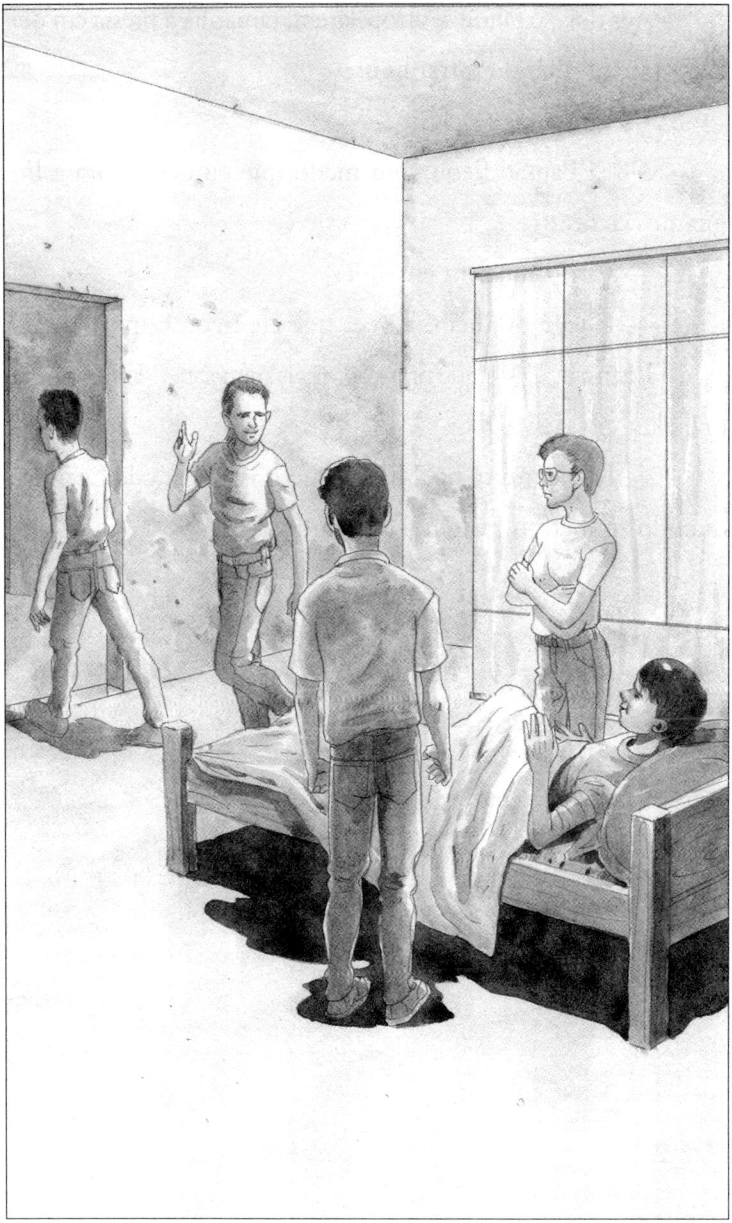

Aos dois só faltou se atropelarem, tamanha a pressa em deixar a tapera. Nando estranhou:

— O que deu neles?

— O Paulão ficou com medo que eu desse com a língua nos dentes...

— Continuo sem entender.

— É segredo, hein! Parece que ele ficou impressionado com a Lucimar. Disse que não quer mais nem saber da Fernanda, que ela é passado e tal.

— Essa é muito boa! Eu só quero ver a cara da Lucimar, quando souber! — reagiu Tetê, rindo.

19

Sonho de liberdade

— Que bom que comeram tudo! Assim, vão ficar bem gordinhos e deliciosos.

— Que história é essa? — estranhou Caco.

— É que os jacarés detestam carne magra! — revelou Barriga, rindo de satisfação.

Depois que ele saiu com os pratos e Serafim passou a chave no cadeado, o garoto dirigiu-se à amiga:

— Lucimar, você acha... acha que ele estava falando sério?

— Não sei, Caco. Nem pretendo ficar aqui pra descobrir.

— Ah, não? E como pretende sair?

— Não sei! Se o Mirinho estivesse aqui, já teria pensado em alguma coisa.

O companheiro, magoado com aquelas palavras, disse:

— Está vendo como você é, Lucimar? Você conheceu o Mirinho outro dia e já fica achando que o moleque é um herói. E eu, que você conhece há tanto tempo...

Indiferente aos reclamos de Caco, a garota caminhava pelo cômodo, tentando encontrar uma saída. Se pelo menos tivesse a certeza de que Mirinho se salvara... De qualquer modo, deviam estar sendo procurados; talvez seus pais já estivessem em Curupá. O problema maior era esperar. Esperar até quando? Esperar pelo quê? Parou no centro da cabana e voltou-se para o amigo:

— E então... pensou em alguma coisa?

— Como posso pensar se você não pára de andar? Além disso, estava pensando no que você disse do Mirinho.

Lucimar caminhou até a porta e olhou pela fresta. As últimas caixas estavam sendo levadas para a caminhonete. Pelo cuidado com que eram manuseadas, pareciam conter algo muito frágil.

— Deve ser contrabando!

— O que eles iriam contrabandear aqui: borboletas?

— Não precisa ser algo da região, Caco. Aqui pode ser o ponto de "desova", o entreposto... Eles podem estar trazendo alguma coisa da Colômbia, da Guiana, sei lá.

— Sabe o que eu acho? — perguntou o jovem. E respondeu: — Quanto menos a gente souber, melhor!

Lucimar continuava preocupada em descobrir o conteúdo das caixas, quando ouviu a sugestão:

— A única maneira de sair daqui é pelo teto.

A garota já se preparava para censurar o companheiro, porém, ao levantar os olhos para o telhado, descobriu algo de sensato no que ele dizia. Correu então até a porta para observar e, a seguir, comandou:

— Caco, venha aqui. Isso... de frente para a parede...

— Deixe de ser boba! Nem que pesasse vinte quilos menos você passaria pelo vão daquele vitrô.

— Faça o que eu mando e deixe o resto por minha conta.

Ele lhe obedeceu, ela se afastou para calcular. E aprovou, com um gesto de cabeça.

— Se eu subir nos seus ombros, dá pra alcançar o vitrô.

— E como passaremos pelo vão?

— Não passaremos. Eu ficarei de pé na borda da janela e alcançarei o teto. Então, é só me dependurar numa viga, balançar o corpo e chutar o telhado, tirando algumas telhas do lugar. Com outro balanço, passo o corpo pelo vão.

O garoto encarou-a, descrente, e murmurou:

— Você vai é se esborrachar no chão!

— Poxa, Caco! Será possível que nem apoio moral você dá?

— Está bem. Vamos supor que você consiga se equilibrar no vitrô, se balançar dependurada na viga sem cair, enfim, que tudo dê certo...

— Tem que dar!

— Ótimo! Você sai e vai embora. E eu subo no ombro de quem, hein? Do Barriga, é?

20

O barco avariado

A caminho de casa, Nando e Tetê passaram diante da sede do jornal e decidiram entrar, na esperança de conseguir alguma novidade. Invadiram o casarão antigo e vazio e foram até a secretaria, onde uma senhora de meia-idade digitava alguns textos nas laudas amareladas do Imparcial.

O menino preparava-se para interrogá-la quando foi surpreendido pela voz às suas costas:

— Olá, Nando... Alguma novidade?

— Nada, seu Diógenes! Na verdade, subimos com a esperança de que tivesse algo de novo para nós.

— Infelizmente, não tenho. A não ser que a edição do desaparecimento se esgotou e tive de preparar outra às pressas. Não consegui nem almoçar!

E, diante do ar de desolação dos jovens, anunciou:

— Agora, preciso ir até a Enseada para entrevistar o Mirinho. Um repórter tem de correr atrás da notícia — disse, passando a mão numa maleta.

Os dois amigos encararam-no, espantados com a frieza demonstrada em relação ao destino de Caco e Lucimar. De saída, o homem ainda se explicou:

— Depois de falar com o Mirinho, preciso ver o delegado.

— O Bicalho deve estar participando das buscas!

— Olha... até uns minutos atrás, ele estava na lanchonete.

— O senhor tem certeza?

— Não foi o que eu disse?

De novo na rua, Tetê desabafou:

— Você reparou, Nando? Pelo jeito, o seu Diógenes só está interessado na venda do jornal!

— Também percebi certa frieza...

— Bota frieza nisso! Afinal, a Lucimar se meteu nessa fria por causa dele!

Nando, porém, já pensava adiante:

— Vamos passar na lanchonete. Quero ver se o delegado está lá mesmo.

— Estou começando a desconfiar que os únicos interessados no destino do Caco e da Lucimar somos nós.

— Não diga isso, Tetê! Nós temos a ajuda dos pescadores, do Aristides, do Dorico...

O delegado achava-se na lanchonete, palitando os dentes sem pressa nenhuma. Nando não se agüentou; aproximou-se e abriu o verbo:

— Delegado, eu... eu pensei que estivesse investigando ou participando das buscas...

— Quem disse que não estou? — devolveu o homem bruscamente. — A investigação policial é um trabalho de paciência. Não adianta rodar feito peru.

Os jovens viraram as costas e saíram.

— Se o trabalho policial depende de paciência, ele está feito! Paciência não lhe falta!

Nando e Tetê atravessavam o cruzamento em direção a casa. O menino mal ouviu o comentário da amiga, atraído pelo fato novo. Como ele observasse calado, Tetê interrogou:

— O que é que você tanto olha?

— Está vendo o barco?

Era impossível não vê-lo. Estava atracado à traseira de uma caminhonete preta, em frente a um galpão de porta metálica sanfonada.

— Estou vendo — respondeu Tetê. — O que tem de especial?

— Vamos olhar de perto; quero confirmar uma coisa...

Ao se aproximarem da embarcação, Nando balançou a cabeça, em sinal de afirmação.

— Não me enganei — disse e mostrou. — A proa bateu em alguma coisa. Alguma coisa que bem podia ser o barco do Mirinho.

A garota acertou a posição dos óculos e pôs-se a examinar. Entretanto não parecia convencida.

— Nando, este não deve ser o único barco em Curupá com sinal de batida...

— Claro que não! Este, porém, tem um detalhe que o torna muito suspeito... Este depósito e esta caminhonete pertencem ao Beirão.

— Ao Beirão? — repetiu ela, sem querer acreditar. — Então essa é a prova do crime!

Ainda não se haviam recuperado da surpresa, quando a porta sanfonada rangeu e o homem apareceu. Beirão ficou sem ação diante dos garotos e eles dispararam em direção à esquina.

21

Momentos de aflição

— Não vejo a hora que chegue a noite, pra sair daqui.

— Se você não se metesse a repórter, a gente não estaria nesta enrascada!

— É isso que eu não entendo... Que ligação poderia ter uma inocente reportagem sobre o Boitatá com o nosso seqüestro?

— Ligação tem! Vicente e Barriga, que vigiavam Julião, fazem parte do bando.

Lucimar tentava ajustar as peças do quebra-cabeça, mas não conseguia. Afinal, o jornal de seu Diógenes havia publicado várias matérias sobre o Boitatá sem que nada acontecesse. Aliás, além dele, pouca gente sabia que iriam à Aldeia Velha ou que se interessavam pela lenda.

— Aparentemente, a única pessoa fora do grupo que conhecia o plano era o dono do jornal... A não ser que o Mirinho ou o pai dele tenham contado pra alguém.

— Eu não fui com a cara do seu Diógenes!

Lucimar pôs o indicador sobre os lábios, pedindo silêncio, e aproximou-se da porta.

— Acho que o chefe chegou... Até o Vicente está todo cheio de salamaleques.

— Salamaleques?

— Pena que não dá pra ver quem é nem ouvir o que dizem.

— Ora, devem estar dizendo que foi tudo um engano e que vão nos soltar.

— Soltar, Caco? Por favor! Nós conhecemos toda a quadrilha: o Vicente, o Barriga, o Marciano, o Serafim...

Ela se preparava para continuar, mas foi contida a tempo pelo ruído das correntes do outro lado da porta. Caco abraçou-se à amiga, apavorado. Só relaxaram ao perceber que a rotina prosseguia. Era o Marciano trazendo a comida. Na porta, Barriga observava com cara de quem comeu e não gostou.

— Por que não nos soltam, antes que a polícia chegue?

— Se fosse você, não confiaria nisso, garoto. Vai ser praticamente impossível alguém chegar até aqui — retrucou o piloto com desdém.

— Sem falar que nem a polícia faz muita questão...

Barriga falou e calou-se, ressabiado, diante do olhar de reprovação de Marciano. Quando os dois se retiraram, Lucimar festejou:

— O jantar é um bom sinal... Se pretendessem dar um fim à gente, não se preocupariam com a comida.

— Pode ser um prêmio de consolação... — replicou Caco. — O último desejo de um condenado.

— Credo, isola! — A garota afastou-se, batendo com os dedos na madeira.

— O que você quer? Que eu salte de alegria só porque vou virar comida de jacaré?

Lucimar examinou demoradamente o prato e decidiu-se:

— Não dá pra agüentar mais esta agonia! Vai ser hoje!

— Vai ser hoje? O que, hein?

— Hoje, fugiremos daqui.

22

Telefonema anônimo

Quando o pai chegou, no fim da tarde, Nando percebeu que a espera por notícias persistiria. E, assessorado pela amiga, passou ao relato das próprias experiências: a frieza do jornalista, o sossego do delegado e a descoberta do barco avariado trazido pelo Beirão.

— Isso não prova nada, Nando! Já pensou onde a gente ia parar se começasse a suspeitar de todo mundo que tem barco batido ou avariado?

— Acontece que esse barco é do Beirão! — retorquiu Tetê.

— O barco do Beirão está com o filho dele, ajudando na busca.

— Então de quem é o barco atrelado à caminhonete dele?

— Nem imagino! E acho que vocês deviam dar menos importância às acusações do Dorico. Ele pode estar errado.

Jorge Alves encaminhou-se até o banheiro, passou uma água no rosto e voltou pronto para sair novamente. Antes, porém, atendeu o telefone.

— É a Fernanda — avisou.

Nando atendeu a ligação e, ao desligar, revelou:

— A Fernanda quer que a gente vá à casa dela esta noite.

— Ótima idéia! — aprovou o pai.

Tetê aceitou a contragosto e, assim que Jorge Alves saiu, comentou:

— Nando... estou começando a achar que o seu pai é o único que não percebe...

— Você está falando do barco?

— Claro! Quando descobrirem, o Beirão já terá dado fim à prova.

— Nós tentamos! É melhor não insistir.

A garota, que se pusera a andar impacientemente pela sala, parou de repente, os olhos concentrados em algum ponto vago do espaço, e disse:

— Nando, tive uma idéia!

— Tetê, estou começando a me preocupar com as nossas idéias. Talvez fosse melhor...

— Um telefonema anônimo! — concluiu ela, sem dar importância às palavras do amigo.

— Telefonema anônimo pra quem? Pra quê? — interrogou o garoto com ar abobado.

Tetê sentou-se ao seu lado no sofá e explicou o plano:

— Nós ligamos para a delegacia e contamos o que vimos... sem nos identificar, claro.

— E se o Beirão for inocente?

— Se for inocente, terá como explicar a batida!

— E se o Bicalho for mesmo seu cúmplice?

— Nesse caso, não tomará nenhuma providência. E estará assim confessando sua culpa.

Nando fez uma pausa e decidiu:

— Eu telefono!

Como ele saísse na direção oposta ao telefone, a menina interpelou-o:

— Aonde é que você vai?

— Buscar um lenço! Não é assim que fazem nos filmes policiais, pra disfarçar a voz?

Após retornar com o lenço, Tetê passou-lhe as instruções:

— Você liga, diz que ficou sabendo sobre o desaparecimento pelo jornal... e que tem uma informação importante para dar. Aí, você conta a história. O importante é dizer que viu o barco amassado em frente ao depósito do Beirão.

— Deixe comigo.

O garoto tirou o telefone do gancho, envolveu o bocal com o lenço. Tetê ainda advertiu:

— Outra coisa, Nando... Quando atenderem, pergunte pelo Bicalho; nada de "senhor" ou cerimônia. Entendeu?

Ele fez que sim com um gesto de cabeça e começou a discar. Então olhou para a amiga e tentou disfarçar a voz:

— Alô? É da delegacia? Eu queria falar com o Bicalho...

— Perfeito! — aplaudiu a amiga.

Nando avisou-a de que tinham ido chamar. E, quando atenderam, deu seqüência ao plano:

— Bicalho, aqui é o... o... um anônimo... É sobre o desaparecimento dos garotos de São Paulo... Eu... eu vi a notícia no jornal e tenho uma informação...

O garoto desempenhou seu papel conforme o combinado e, por fim, desligou, retirando imediatamente o lenço do bocal do telefone.

— Poxa, pensei que não conseguiria! — disse ele, enxugando o suor da testa. — Ele queria saber quem estava falando... jogou perguntas que não estavam no roteiro...

— Você foi perfeito, Nando! Simplesmente perfeito!

— Estou precisando de um copo de água.

— Respire fundo e deixe que eu vou buscar.

A meio caminho, contudo, tocou a campainha. O jovem levantou-se automaticamente e, muito pálido, sussurrou:

— Tetê... o delegado descobriu!

A hesitação não durou mais que segundos. Ela avançou em direção à porta, ao mesmo tempo que o tranqüilizava:

— Não seja bobo! Não daria tempo pra ele chegar, ainda que conhecesse a origem da chamada.

E, ao abrir a porta, os dois confirmaram o acerto da dedução, embora os visitantes causassem surpresa.

— Paulão!

— Alemão!

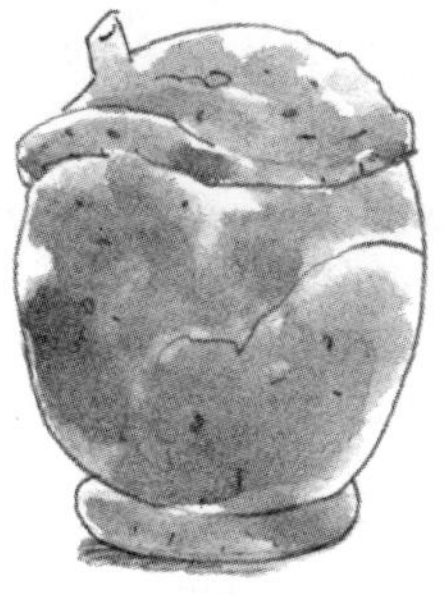

23

Na casa dos Carneiros

À porta do antigo sobrado, Nando ficou atrás, deixando à amiga a iniciativa de tocar a campainha. Tetê percebeu e atirou a indireta:

— Nervoso, amigo?

— Nervoso, eu? Por quê?

— Vai encarar o sogro pela primeira vez...

— Tetê, não diga uma coisa dessas nem por brincadeira!

Fernanda atendeu a porta e convidou:

— Oi, gente, vamos entrar. Estávamos esperando.

De fato, os pais da garota davam a impressão de estar à espera dos convidados. Na espaçosa sala de visitas, que lembrava a sala de uma fazenda, procederam às apresentações. Depois que os visitantes se acomodaram no imenso sofá de couro lustroso, o dono da casa interrogou:

— E então... o que estão achando de Curupá?

Nando e Tetê entreolharam-se, o primeiro tomou a frente:

— É um lugar saudável…

— E perigoso! — completou o homem. — A Fernanda me contou sobre o contratempo com seus amigos.

— É, seu Carneiro… não vemos a hora em que tudo se esclareça.

Apesar do jeito afável dos anfitriões, os visitantes ressentiam-se da excessiva formalidade no trato. O incômodo crescia quando Fernanda voltou com uma bandeja de canapés. No momento em que dirigia seus belos olhos azuis na direção do garoto, ouviu a pergunta às suas costas:

— E você? — indagou o pai da menina. — Também é de São Paulo ou é conterrâneo?

O rosto muito corado, Nando gaguejou:

— Eu… eu sou de São Paulo… mas estou morando aqui há dois anos, quase três.

— Ah, então é o filho do candidato… Como é mesmo o nome dele?

— O senhor está certo… sou o filho de Jorge Alves.

O homem encarou-o demoradamente e, desviando a vista, pôs-se a considerar:

— Eu não tenho nada com isso, mas desconfio que seu pai vai arranjar encrenca… — E, diante do mutismo geral, completou: — O Beirão vai comprar voto, vai desenterrar eleitor morto e aprontar o que for preciso pra se manter na direção do sindicato.

— Pelo jeito, o senhor também não simpatiza com ele — insinuou Tetê.

— De fato, não simpatizo com o Beirão nem com a sua maneira de fazer as coisas. No entanto, discordo também do outro candidato; ele é muito... muito... como diria?... Bem, ele é excessivamente liberal para o meu gosto. Essa história de cooperativa, por exemplo... Daqui a pouco ele vai querer implantar a reforma agrária... e vai levar um tiro!

Ante o silêncio constrangedor que se seguiu, Fernanda levantou-se e ofereceu:

— E agora, que tal um suco de graviola ou de cupuaçu pra rebater o calor?

A mãe interveio pela primeira vez:

— Isso, filha, sirva seus amigos. E assim aproveitamos pra mudar de assunto. Vocês são muito jovens para se interessar por política.

Tetê sentiu um arrepio ao ouvir aquelas palavras, porém Nando foi mais rápido. Apontando para umas peças no interior de um armário envidraçado, interrogou:

— Doutor Carneiro, essas cerâmicas são autênticas?

Estava evidente que se tratava de peças marajoaras autênticas. Não havia como confundi-las com as rudes imitações vendidas no comércio de Belém.

— É o que há de melhor — afirmou o homem, com indisfarçável orgulho. — Afora o Museu Paraense e mais um ou dois outros, nenhuma entidade do País possui uma coleção como essa.

— É mesmo uma beleza — disse entusiasmada Tetê, levantando-se. — E essas peças menores...

— São os famosos muiraquitãs. Vieram de Santarém — esclareceu Fernanda, mais à vontade com o novo rumo da conversa. — Meu pai cuida pessoalmente da limpeza.

A mãe não demonstrou nenhum interesse pelas peças arqueológicas. Assim que se abriu a oportunidade, tornou ao tema:

— E o desaparecimento dos garotos, em que pé está? Foi mesmo seqüestro? Os pais já foram avisados?

— Que seqüestro, Dila? Aqui não tem ninguém com cabeça pra isso, não! O Diógenes inventou essa história pra vender jornal! — rebateu o marido.

— O Diógenes não seria capaz. E por que aprisionariam os garotos senão para exigir resgate?

— Esta costa está cheia de embarcações piratas, que contrabandeiam ouro, animais... Existe uma verdadeira ponte entre a Amazônia e Miami... Talvez os garotos tenham visto o que não deviam, meteram o nariz onde não foram chamados...

Tetê acompanhou a explanação com interesse e aprovou:

— É uma teoria interessante... Até o Boitatá se encaixaria.

— Como assim? — quis saber Fernanda.

— O Boitatá seria um subterfúgio para espantar os pescadores e tornar mais segura a ação dos bandidos.

O doutor Carneiro ouviu e acrescentou:

— Sobre o Boitatá não posso dizer nada, mas, quando a Fernanda me disse que os jovens iam sair só com o Mirinho, preveni que poderia ser perigoso.

— E a polícia, o que diz? — indagou a mulher.

— O Bicalho não diz nada, dona Dila, mas eu tenho esperança de que o caso logo será esclarecido — anunciou Nando.

— Desculpe-me... você tem algum motivo especial para acreditar nisso? — quis saber o dono da casa.

Tetê deu ao amigo uma piscadela intencional, porém ele não percebeu e continuou:

— Tem um pescador na Enseada que parece saber mais do que diz. Como Paulão ofereceu o barco, nós vamos falar com ele amanhã.

— Vocês não têm medo de desaparecer também? Quem é o pescador... o informante?

— Um tal de Julião.

O doutor riu diante da revelação. E propôs:

— Se fosse vocês, não confiaria muito. O Julião passa mais tempo tomando tiquira do que pescando.

Enquanto falava, percebeu os olhares lânguidos da filha na direção de Nando. O garoto, no entanto, só tinha olhos para os próprios dedos, que se entrelaçavam nervosamente.

Na saída, o garoto mostrou-se cortês:

— Seus pais são muito simpáticos, Fernanda.

— Obrigada, Nando.

A caminho de casa, porém, o jovem preocupava-se. A não ser pela curiosidade de dona Dila, os pais de Fernanda haviam demonstrado o mesmo tipo de desinteresse reinante na vila pelos amigos desaparecidos.

24

Momentos de decisão

Caco ficaria sentado de costas para a parede e Lucimar subiria nos seus ombros. Só então ele se levantaria, a fim de que a garota alcançasse a janela. No entanto, nem bem iniciaram a operação, ele já reclamava:

— Ai, Lucimar, minhas pernas!

Não foi fácil subir nos ombros do companheiro. O equilíbrio tornava-se difícil e Caco reclamava a todo instante.

— Ai, não estou agüentando!

— Deixe de reclamações e fique de pé! Vamos!

Bem que ele tentou, mas não saiu do chão.

— Não dá, Lucimar! Você pesa muito!

Com a desistência da amiga, Caco estendeu-se no chão, arfando pelo esforço. Ela observava a janela e o telhado, como se medisse as possibilidades, e decidiu:

— Já sei. Vamos fazer à minha maneira.

— Diga.

— Venha aqui, isso... Agora, abaixe-se um pouco...

O garoto ficou de cócoras junto à parede, Lucimar esbravejou:

— É pra baixar só o tronco! Você nunca brincou de pular carniça?

Ele firmou as mãos nos joelhos e arqueou o tronco para a frente. Lucimar deu a volta, observando de um lado e de outro. Caco reclamou:

— Anda logo! Assim, vou ficar com dor nas costas.

A garota pôs o pé no joelho dele, como se fosse um estribo, e atirou o corpo para cima. O companheiro deslocou-se com o impulso, porém ela conseguiu montar nas suas costas.

— Ótimo! Agora vou chegar pra frente e, quando estiver sobre o seu ombro, você levanta o corpo. Certo?

Por mais que ela duvidasse, conseguiram.

— Boa, Caco! Chegue perto da parede, que eu vou ficar de pé nos seus ombros.

E recomeçaram as reclamações:

— Ai, Lucimar! Não dá pra tirar os tênis, não?

Fechando os ouvidos às queixas, a garota conseguiu pôr-se em pé e alcançar a moldura da janela.

— Estamos conseguindo... Só mais um pouquinho...

Ela abriu a folha da janela e, firmando as mãos na base de ferro, avisou:

— Atenção que eu vou dar o impulso.

— Vai.

Lucimar deu o impulso, atirando as pernas para cima. Quando seu pé bateu na borda, procurando apoio, a armação da janela, enferrujada, desprendeu-se da parede, vindo abaixo. E a menina junto.

— Cuidado!

Caco gritou atrasado, nem teve tempo para recuar, e o corpo da amiga caiu-lhe em cima.

— Aiii!

Um minuto depois chegavam Serafim e Barriga, interrogando sobre o motivo de tanto barulho. O guarda perma-

neceu na porta, enquanto o outro entrou, demorando-se no exame da moldura vazia. Finalmente, virou-se para os prisioneiros encolhidos num canto:

— Não me digam que pretendiam passar por aquele buraco... — argüiu, incrédulo.

— Imagine se a gente ia caber naquele vão! — retrucou Caco, só faltando chamar o outro de burro.

— Então por que destruíram a janela?

— Ela caiu!

Barriga virou-se para o guarda e comentou:

— Tá explicado, Serafim. A janela caiu.

Quando se voltou de novo para o lado do garoto, o tom de deboche havia desaparecido do seu rosto.

— Vocês não deviam ter feito isso. Agora, vão ver o que fazemos com garotos enxeridos e desobedientes.

Enquanto Serafim vigiava, o outro saiu.

— O que ele vai fazer com a gente, Lucimar?

— Boa coisa não deve ser!

O bandido voltou em seguida com o costumeiro sorriso velhaco e um rolo de corda. Caco levantou-se e tentou correr para o canto oposto, mas o homem agarrou-o pela camisa, atirando-o ao chão. Em seguida, sentou-se sobre as suas costas e começou a amarrar-lhe os pés.

— Lucimar, me ajude!

A garota fez menção de reagir; no entanto o guarda interpôs-se no seu caminho:

— Espera aí, gata brava! Por enquanto você vai só assistir — avisou Barriga.

Depois de atados os braços e as pernas do garoto, o bandido levantou-se satisfeito:

— Muito bem! Agora, vamos lá fora pescar. Traga a gata.

Serafim segurou Lucimar pela gola da camisa, mantendo-a próxima do seu corpo. Barriga levantou Caco sobre os ombros e saiu da cabana, dirigindo-se para uma árvore na beira do lago.

— Socorro!

— O que vocês vão fazer com o Caco?

— Você já vai ver, garota.

Barriga atirou então a ponta da corda sobre um galho da árvore e começou a puxar até a corda esticar.

— Lucimar, me ajude!

Alarmada com os preparativos, ela tentava livrar-se do seu oponente, mas suas forças eram insuficientes.

— Vai começar a brincadeira — anunciou Barriga.

E, dizendo isso, puxou a corda até o corpo do garoto levantar-se do chão e balançar livre sobre as águas, de cabeça para baixo.

— Socorro, Lucimar! Eu estou com enjôo!

Quanto mais ele se debatia, mais o corpo balançava no espaço. Na noite escura, o movimento do corpo, pendulando sobre o lago, era denunciado apenas pela camiseta branca. O bandido puxava a ponta da corda e ria.

— Eu não tive culpa! Foi idéia da Lucimar! — gritava agora o jovem de cabeça para baixo, um palmo acima das águas.

Apesar da contrariedade, Lucimar assumiu:

— É verdade, a idéia foi minha! Soltem o Caco!

— Não se preocupe, moça, sua vez também chegará! — devolveu Barriga.

Caco seguia implorando, os cabelos já tocando a superfície da água:

— Por favor! Não me atire aos jacarés!

— Jacarés? — estranhou Barriga. — Quem disse que aqui tem jacaré?

— Não tem? — perguntou o garoto reanimado.

— Tem não! As piranhas comeram tudo!

O bandido riu muito e baixou a corda até o corpo desaparecer nas águas.

— Aiii! Não!

25

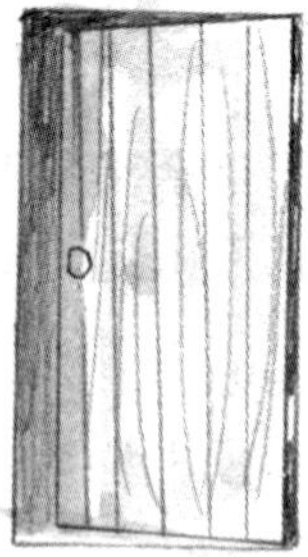

Um corpo atrás da porta

Assim que saiu da cama, Nando questionou a empregada sobre o destino do pai; Milica só sabia que ele saíra muito cedo. Enquanto tomava café, apareceu Tetê e, logo em seguida, chegou Fernanda com os cabelos louros brilhando e óculos de sol. Um minuto depois, Paulão e Alemão estacionavam diante da casa.

— E então... prontos para a viagem? — interrogou Paulão assim que apareceram à porta.

Nando hesitou, mostrando-se constrangido:

— Não sei, Paulão... Queria ter consultado meu pai, mas ele saiu cedo. Também a Tetê acabou de se levantar...

— Talvez fosse bom avisar também o delegado — opinou Fernanda. — A gente nunca sabe...

— O Bicalho deve estar sabendo — retrucou Paulão. — Eu falei com meu pai que ia ver o Julião, e ele disse que avisaria o delegado.

Tetê trocou um olhar intencional com Nando. Paulão não se importou e abriu o jogo:

— Acho que por isso mesmo a gente precisa se apressar... Se o Julião falar com o Bicalho antes, talvez o delegado exija sigilo.

— Você vai ficar sabendo de qualquer modo através do seu pai — insinuou Tetê.

— Você se engana. Meu pai não me diria nada.

— E aí, Nando... o que você acha? — cobrou Fernanda.

— Vamos! Estou cansado de esperar.

Uma hora depois, o barco ancorava na Aldeia Velha. A vila não passava de um punhado de palhoças cobertas com folhas. A caminho da casa, Paulão falou com pescadores conhecidos. Ninguém havia visto Julião senão no dia anterior. Andaram cerca de duzentos metros e então pararam.

— É aqui.

Como a casa estava silenciosa e fechada, Paulão chamou:

— Julião! Ô, Julião!

Sem esperar resposta, foi para trás da casa experimentar a porta da cozinha. Estava igualmente trancada.

— Estranho! Será que ele foi à cidade? — indagou Nando.

Antes que o outro dissesse algo, ouviram Alemão chamar:

— Paulão, venha aqui.

Os dois voltaram para a frente, a tempo de ouvir:

— A porta não tá trancada. Ele deve ter posto um peso qualquer pra escorar.

— Mete força! Empurra! — comandou Paulão.

— Tá emperrada! — replicou Alemão resfolegante. — Não abre mais que isso aí.

Nando e Paulão juntaram as forças e conseguiram aumentar um tanto a estreita abertura entre a porta e o batente.

— Será que o Julião não vai ficar zangado por a gente estar invadindo a casa? — inquiriu Fernanda.

— Acho que já dá pra passar — opinou Paulão, ignorando o comentário.

Como as garotas hesitassem, Alemão espremeu-se e passou, caminhando até a janela com a intenção de abri-la. Percebendo que Tetê o seguia, pediu:

— Dê uma olhada no que é que tá emperrando a porta.

Ela ajeitou os óculos com o gesto mecânico que costumava repetir e, no instante em que Fernanda entrava, gritou:

— Aaaaiii!

— O que foi, Tetê? — perguntou a outra assustada.

— No chão. Olhe no chão.

Paulão e Nando vararam a porta quase ao mesmo tempo que Alemão abria a janela, iluminando o cômodo pobre. Atrás da porta, um corpo caído.

— É o Julião! — adivinhou Paulão. — Está morto!

— Meu Deus! Eu pus a mão nele! — disse, soluçando, Tetê.

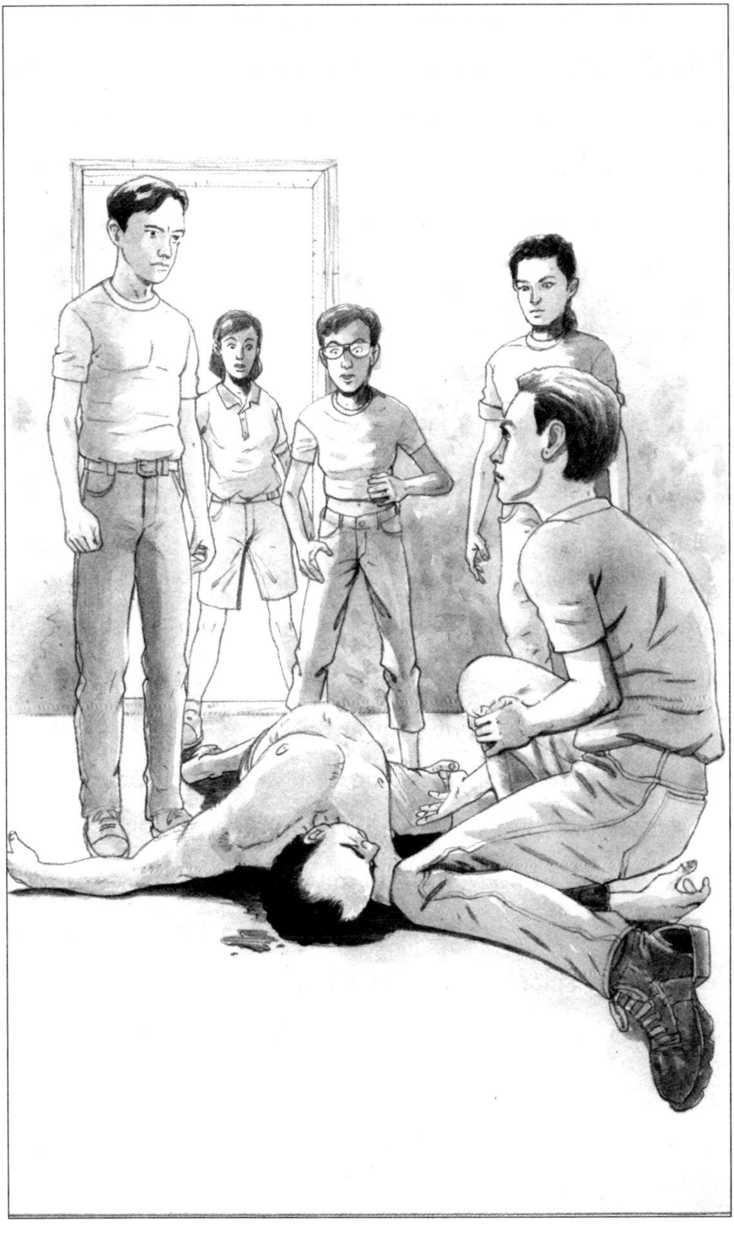

O velho magro vestia apenas uma bermuda velha e, ao lado da cabeça, tinha uma mancha de sangue coagulado. Estavam todos com a atenção voltada para o cadáver quando ouviram a repreensão:

— Muito bem, espertinhos, o que é que vocês estão fazendo aqui, diante de um cadáver, hein?

— Bicalho? De onde é que você saiu?

— Eu tô fazendo o meu trabalho. E você, Paulão... Seu pai não vai gostar nada, nada de saber que você anda se metendo a detetive.

A seguir, voltou-se para os demais:

— E vocês, hein? Já não chega o trabalho que seus amiguinhos tão dando, não? Também precisavam se meter em encrencas?

Tetê respondeu de pronto:

— Encrenca? Era só o que estava faltando pra completar a farsa: o senhor nos prender como suspeitos.

O delegado devolveu no mesmo tom:

— Por que vocês não escolheram a China pra passar férias, hein? Pelo menos continuariam vivos!

— O que você está querendo dizer com isso?

— Eu não tô querendo, eu disse!

26

Juntando os cacos

— Eu mato! Eu juro que mato!

— Já chega, Caco, está me deixando nervosa.

— Pra você é fácil, não foi atirada às piranhas! Veja a dentada na minha perna!

Lucimar observou o raspão leve no lado externo da perna e zombou:

— Que dentada, Caco? Isso é um arranhão de nada! Vamos tratar de sair daqui que é melhor.

— Lucimar, você está doida? Eu tô fora! Isca pra piranha, nunca mais!

A garota olhou para a janela e sentiu raiva.

— Com as tábuas que eles pregaram na abertura, o plano antigo foi pro brejo.

O amigo deu de ombros.

— Eu não quero saber nem de plano antigo nem moderno!

Lucimar esqueceu o companheiro por um instante e foi até a porta para observar o movimento. Desde cedo havia uma agitação intensa lá fora. Porém, ao contrário dos outros dias, em que os caixotes eram embarcados, agora eram desembarcados e empilhados na varanda.

— Daria minha mesada pra saber o que tem dentro daqueles caixotes... Deve ser contrabando, mas de quê? Daqui até a Colômbia não é muito distante...

— Desta vez você errou, sabichona! Não é contrabando! — intrometeu-se Caco, de modo antipático.

— Cala a boca! Você não sabe do que está falando.

— Eu vi, Lucimar! Eu vi!

— Viu o quê? Quando? — interrogou ela, incrédula.

— Vi de manhã, quando você foi ao banheiro. O Vicente abriu uma das caixas e só tinha cacos.

De fato, ao sair de manhã para o banheiro, as caixas já estavam lá. Ela pensara em dar uma olhada, porém o guarda chamara sua atenção e fizera-a andar mais depressa.

— Cacos? Você disse cacos?

— É, cacos de vasos... de barro...

— A troco de que eles encaixotariam cacos de um vaso?

— Puxa, Lucimar, às vezes você me decepciona... Tá na cara que eles encaixotaram os vasos inteiros. Como algum deve ter se quebrado, eles tiraram da caixa e jogaram fora!

De repente, os olhos da garota brilharam.

— Caco, pense bem... Esses cacos de pote... eles pareciam novos?

— Nada! Eram velhos e sujos! A pintura tava descascada. Devia ser um vaso usado.

— Caco, descobrimos!

— Descobrimos? — repetiu ele, sem convicção.

— Raciocine... a Ilha de Marajó é famosa por quê?

— Deixa ver... Por causa dos búfalos? Ah, já sei: por causa da muçarela de búfala!

Lucimar percebeu que seria inútil. Foi até a porta dar uma olhada, voltou e explicou:

— A Ilha de Marajó fica perto daqui. E ela ficou famosa porque produzia a melhor cerâmica do Brasil, antes do descobrimento.

— A melhor cerâmica do Brasil? — ele careteou confuso.

— Essas peças podem ser comparadas às do México, do Peru ou da América Central.

— Então devem valer uma grana!

— Valem um dinheirão, Caco. E não faltam colecionadores e interessados, principalmente no exterior.

— Puxa! Eu não daria um centavo!

27

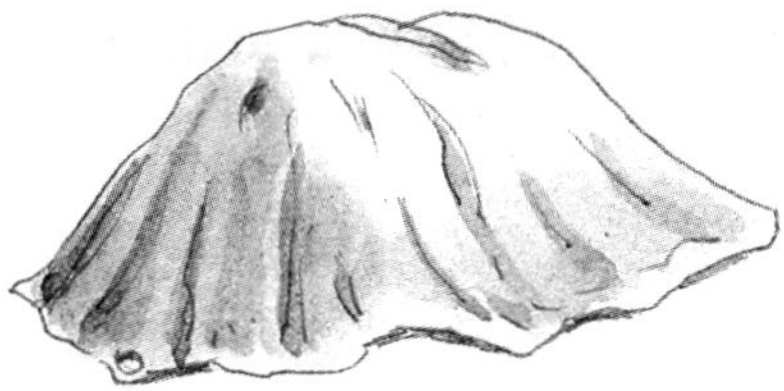

O remetente misterioso

— Eu ainda suspeito desse súbito interesse do Paulão!

— Você está sendo radical, Tetê — atenuou Nando.

— Acompanhe o meu raciocínio: ele nos leva pra falar com o Julião e, quando chegamos lá, o homem está morto. E, por coincidência, o Bicalho nos dá um flagrante!

— Só falta você dizer que o Paulão matou o pescador!

— Ele não, mas o pai dele sabia que a gente ia falar com o Julião. Já esqueceu?

O garoto parou no portão da casa e argumentou:

— Você não está sendo justa quando diz que só o Beirão sabia do nosso encontro...

— Se ele contou pro Bicalho, dá na mesma!

— O doutor Carneiro também sabia. Eu comentei lá, na casa da Fernanda, na frente de todo mundo. E, ontem, o seu Diógenes disse que ia à Aldeia Velha.

— Não me diga que você suspeita do doutor Carneiro ou do seu Diógenes...

— Eu não suspeito de ninguém; estou apenas lhe mostrando como sua atitude com relação ao Paulão é preconceituosa.

Ao atravessarem o jardim que conduzia à varanda, ouviram a discussão no interior da casa:

— Como posso pensar em política numa hora destas? Se os garotos não aparecerem, sou capaz até de largar tudo!

— Isso não, Jorge! Nós temos um compromisso pra derrubar o Beirão! Não podemos ceder às pressões.

Que pressões, Dorico? Até agora ninguém fez contato nem exigiu nada!

— Tá vendo? Se fosse um seqüestro comum, já teriam exigido resgate. Quem pegou os garotos está usando isso com outra finalidade. Quem sairá ganhando, se você retirar a sua candidatura? Diga!

Nando esperou o homem terminar e abriu a porta.

— Oi, pai... olá, seu Dorico...

— Tetê, Nando... tudo em ordem?

— Mais ou menos — respondeu o jovem.

Como o dono da casa se mantivesse calado, o outro sentiu que era hora de retirar-se. Assim que o vice virou as costas, Tetê comentou:

— Eu acho que o seu Dorico tem razão...

— Cuidado, Tetê: o Dorico e o Beirão têm uma rixa particular. Se a gente der corda, os dois se enforcam!

O homem terminava de falar quando alguém tocou a campainha.

— Deixem que eu atendo — antecipou-se o pai. — Deve ser o Dorico que esqueceu alguma coisa.

Ao abrir a porta, porém, foi surpreendido pela presença inesperada.

— Bicalho? Entre...

— Eu preferia que o senhor viesse até a viatura...

Jorge Alves estranhou, mas acompanhou-o. E os jovens seguiram atrás. Ao lado do jipe, o delegado revelou:

— Não sei se o senhor ficou sabendo, eu recebi um telefonema anônimo. Alguém levantava suspeitas sobre um barco estacionado em frente ao depósito do Beirão...

Nando e Tetê entreolharam-se disfarçadamente, o candidato a presidente do sindicato mostrou-se muito surpreso.

— Não sabia, não... Você averiguou?

— O Beirão fez questão de mostrar o tal barco. Pertence a um sócio dele, que teve um acidente na costa. Ele me deu o nome e o endereço do sujeito, que confirmou tudo.

— Quer dizer que não há novidade?

— Aí é que o senhor se engana, seu Jorge. — E, abrindo a parte de trás do jipe, interrogou: — O senhor reconhece esta peça?

O homem ficou sem ação. Em seguida, puxou a peça para perto de si e confirmou:

— Não há dúvida, é o compressor desaparecido! Onde você o encontrou?

— Essa é a parte mais interessante... Esse compressor foi enviado ao Beirão pelo correio de Belém.

A surpresa dos presentes não poderia ser maior.

— Enviado pelo correio?

— É... como encomenda. A embalagem e o recibo estão na delegacia como provas.

— E o remetente, quem é? — adiantou-se Nando.

O delegado riu e revelou:

— O nome que consta como remetente é o de Jorge Alves. E o endereço é o da sua casa.

28

Prazo esgotado

— O Marciano, quem sabe ele nos ajuda?

— Por que ajudaria? Ele não é da quadrilha também?

— Ele é diferente dos outros... Sempre atendeu às nossas reivindicações...

Durante a meia hora seguinte, Caco manteve-se recostado no seu canto, enquanto Lucimar caminhava de um lado para outro. De repente, o primeiro levantou a cabeça e disse:

— Lucimar, estava pensando numa coisa...

— Qual é o plano? — perguntou ela.

— Plano? Tava pensando na minha casa! Queria que os meus pais estivessem aqui.

Lucimar detestou o amigo. Não tanto porque ele não se preocupasse com um plano de fuga, mas por recordá-la de coisas que ela preferia esquecer. Na verdade, preferia que não avisassem seus pais. E os pais de Caco? Por mais que tentasse, não conseguia imaginá-los calmos, sensatos. Eles só fariam aumentar a confusão. Assim, tentou desconversar:

— O jeito é tentarmos o Marciano.

— Não dá certo, eles vêm sempre em dois. Se não vem o Serafim, vem o Barriga.

O almoço foi trazido por Serafim, que, ao contrário da rotina, veio sozinho. Quando ele depôs os pratos junto da porta, Lucimar indagou:

— E o Marciano... por que não veio?

— Ele não vem mais. O chefe mandou o bando tomar chá de sumiço.

O guarda sentiu que falara demais. Lucimar insistiu:

— E nós? Quando vão nos soltar?

— Soltar? — espantou-se o homem. — Amanhã vem o chefe e vai dizer o que fazer com vocês. Mas duvido que ele diga pra soltar.

29

Amigo-da-onça

Tetê atendeu à porta e, virando-se para o interior da casa, avisou:

— Nando, seus amigos estão aqui!

— Mande entrar.

Os visitantes mal disfarçavam a ansiedade. Constrangido, Paulão interrogou:

— O que aconteceu, Nando? Vimos seu pai passar no jipe do delegado. É alguma novidade sobre a Lucimar?

— Até parece que ele não sabe de nada — alfinetou Tetê.

Como os dois permanecessem na porta, sem saber se entravam ou saíam, Nando convidou:

— Entrem, por favor.

— Não me diga que voltaram a suspeitar de nós...

— Não é nada com você, Paulão. Você deve estar sabendo do compressor...

— Claro, claro! Surgiram boatos que eu... que o meu pai...

Percebendo que Paulão desconhecia o desfecho da história, Nando relatou o enredo tal como o delegado havia contado.

— Eu não tava sabendo! Imagine se o seu pai seria tão burro para fazer uma coisa dessas! — e após um instante de meditação: — Sabe de uma coisa, Nando? Acho que alguém tá tentando jogar nossos pais um contra o outro!

Tetê atirou-se no sofá, como se não ouvisse nada de novo. Alemão fuzilou-a com seus olhos verdes; Paulão dirigiu-se à outra ponta, onde estava Nando.

— Pense bem: primeiro, roubam o compressor e insinuam que foi o meu pai; outro dia, fazem uma ligação anônima pro delegado, dizendo que o barco do seqüestro tava no nosso depósito; agora, o meu pai recebe o compressor roubado tendo o seu pai como remetente...

— Eu não vejo nenhuma lógica. O que alguém ganharia, jogando um contra o outro? — contrariou Tetê.

— Pode ser uma tentativa de radicalizar a campanha, em prejuízo de um, de outro ou dos dois! — retrucou Nando.

Diante do riso irônico da garota, Paulão levantou-se pronto para sair.

— Bem, nós vamos continuar a busca. Pensei que gostariam de ir junto, mas tô vendo que ainda desconfiam...

— Não, não é isso, Paulão — contestou Nando, sem deixá-lo continuar. — E só não vou com vocês porque quero saber o que ficou resolvido na delegacia.

— Eu entendo; se a gente descobrir alguma coisa, aviso.

— Que emocionante! — reagiu Tetê, ironizando.

E os dois saíram tropeçando no tapete.

30

De encontro ao perigo

— A polícia já deve ter andado por aqui — considerou Alemão, sem tirar os olhos da água.

— Não sei, não. Todo mundo concentrou as buscas em torno da Enseada...

— O Nando e a Tetê parecem desconfiar do seu pai e do delegado... — insinuou o primeiro.

— Bem, meu pai não morre de amores pelo seu Jorge. Muito menos pelo Dorico.

— Credo, Paulão, você acha que o seu pai... ele...

Paulão encarou o amigo em tom de censura e retrucou:

— Se o meu pai tivesse de fazer alguma coisa, faria contra os dois. Essa história de seqüestrar garotos não combina com ele. De jeito nenhum.

— Ali tem um rio — apontou Alemão. — Vamos subir?

O filho de Beirão reparou no rio, que misturava suas águas transparentes às águas barrentas do canal, e decidiu sem muito entusiasmo:

— Vamos dar uma olhada.

— Cuidado, o rio parece raso.

Paulão diminuiu a marcha, girou o leme, virando a embarcação na direção do rio, e tocou em frente. Além de estreito, o rio formava verdadeiros cotovelos. Com a vegetação alta das margens fechando-se em túnel, a visão tornava-se praticamente nula.

— O sol tá baixando — comentou Alemão preocupado.

— Vamos subir só mais um pouco e voltamos — retrucou o dono do barco. E, diante do silêncio do companheiro, acrescentou: — Alguém lá de Curupá tem uma propriedade por estes lados... Não consigo lembrar quem.

— Eu não me lembro de ninguém. Acho que nunca me afastei tanto de Curupá.

O barulho do motor em marcha lenta dava a impressão de que o barco estava prestes a parar. Cada um vigiava o seu lado, para evitar eventuais choques com pedras ou troncos.

— Este seria um bom lugar pra esconder os dois. Dificilmente os barcos da costeira conseguiriam entrar aqui.

Alemão virou-se aflito e disse:

— Paulão... e se a gente... se a gente encontrar...

— Ótimo! É pra isso que estamos aqui.

— Não seria melhor voltar outra hora, com mais gente?

Em vez de responder, o outro virou o leme, encostando a embarcação na margem direita.

— O que foi, Paulão? Você viu alguma coisa?

— Tem uma clareira logo aí na frente. É melhor deixar o barco e ir a pé.

Paulão escondeu o barco e entrou na mata, seguido de perto pelo amigo.

— Detesto andar nestes lugares! Não dá pra ver nem o próprio pé! — reclamou Alemão.

O outro censurou:

— Bico calado! Tem uma construção de madeira adiante! Vamos por dentro do mato. Se tiver vigia, deve estar no lado do rio.

Chegaram à ponta extrema do casario e passaram por trás da casinhola de alvenaria. Quando Paulão pôs a cabeça para espiar, o companheiro alertou:

— Cuidado! Você pode levar um tiro!

— Deixe de ser medroso! Nós nem sabemos se tem gente no lugar.

Mal Paulão acabou de falar, saiu um homem de dentro da casa com um rifle atravessado nas costas.

— Alemão, você tá vendo? Acho que descobrimos!

— Pode ser um caçador... De qualquer modo, é melhor avisar o delegado.

— Não! Você vai voltar à vila e avisar o pai do Nando. Só o pai do Nando, entendeu?

— E o seu pai?

— Ninguém, Alemão! Só avise o seu Jorge; ele resolve o que fazer.

O amigo já ia saindo, mas, de súbito, virou-se apreensivo:

— E você, Paulão?

— Não se preocupe comigo! Trate de chegar à vila sem ser visto e faça o que eu disse. Tem alguma coisa de misterioso neste lugar.

31

Emoção no acampamento

Assim que anoiteceu, Paulão viu confirmadas suas suspeitas. O homem que montava guarda atravessou o terreiro limpo em direção à cabana do lago, levando dois pratos de comida. Abriu o cadeado da corrente presa à porta e, em seguida, surgiu a luz trêmula de uma lamparina.

"Só podem ser eles! E estão vivos!", pensou o jovem.

Apesar do escuro, ele tinha uma visão privilegiada do acampamento. Cerca de uma hora mais tarde, o guarda levantou se do banco de madeira na varanda e refez o caminho até a cabana. Pena que se lembrou de levar a arma. Então, surgiu a garota com o prato na mão. Caminhavam agora na sua direção.

"É a Lucimar! Graças a Deus!"

Afastou-se, buscando proteção atrás da vegetação alta. A garota entrou no banheiro, enquanto, do lado de fora, o sujeito acendia um cigarro. O mesmo ritual foi repetido com Caco.

Devolvendo-o à cabana, o guarda voltou a sentar-se no banco diante do casario de madeira.

"Bem que o pessoal podia chegar enquanto o guarda está sozinho. Pelo jeito, não tem ninguém na casa."

Seu estado de tensão estendeu-se por cerca de uma hora. A sentinela levantou-se, caminhou até a beira do rio e, na volta, entrou na casa. Paulão venceu o impulso de correr até a cabana e agiu bem, porque, pouco depois, o homem saía de novo. Examinou o cadeado, observou ambos os lados da construção e tornou ao ponto de origem. Dessa vez, entrou e apagou a luz.

"Ufa! Tomara que só acorde amanhã!"

Esgueirou-se pelo mato alto, até a beira do lago, e veio aproximando-se devagar, protegido pelos montes de cascalho e areia. Percebeu a fresta entre a porta e o batente, mas evitou ir até ali. Bastaria o guarda sair na porta da casa para surpreendê-lo. Teria de tentar por trás da cabana. A única maneira seria equilibrando-se na estreita saliência que beirava a construção sobre estacas.

Subiu no estreito suporte e, agarrando-se como podia à parede de tábuas, atingiu o ponto desejado. Arfava, mas não era cansaço, e sim emoção. Então chamou, tentando não ser ouvido do lado de fora:

— Lucimar... Lucimar...

Após um intervalo breve, ouviu emocionado:

— Quem... quem está aí?

— Lucimar, fale baixo. É o Paulão.

— Paulão? — estranhou Caco. — Vai ver que ele é o chefe!

— Você está bem, Lucimar? O Alemão foi até a vila para buscar ajuda. Eu vou ficar por perto, pra qualquer emergência.

— Graças a Deus! — desabafou a garota.

Após um silêncio prolongado, Caco manifestou-se:

— Não estou entendendo nada... Esse Paulão não é aquele da moto?

— Sou eu mesmo! Estou procurando vocês há dias. Quando estiverem livres, eu explico tudo.

Novo silêncio. Paulão estranhou, até adivinhar que choravam. Queria estar junto deles, mas não podia demorar-se.

— Lucimar, Caco, preciso ir... É arriscado ficar aqui. Mas estarei por perto, vigiando.

— Ô, Paulão, você não imagina a minha alegria!

— Não é maior que a minha, Lucimar. E não se preocupe: o seu Jorge não demora a chegar.

— Obrigada, Paulão... Cuidado pra não ser visto.

Depois que ele se retirou, retornando ao ponto de observação, Caco voltou às dúvidas:

— Eu ainda não entendi. O Paulão era nosso inimigo, por causa da Fernanda, e agora vem nos salvar?

— Pois eu acho que entendo — devolveu a amiga. — Desde aquele dia, na sede da cooperativa, fiquei com a impressão de que os nossos próximos encontros seriam mais cordiais.

— Ah, é? Por que, hein?

— Razões do coração, ora!

32

Expedição de resgate

Alemão varou o jardim e praticamente fincou o dedo na campainha até a porta ser aberta.

— Nando, cadê o seu Jorge?

— Ele saiu com o Dorico. Por quê?

— Nós achamos, Nando!

— A Lucimar e o Caco? Onde eles estão?

Emocionados, quase às lágrimas, Nando e Tetê ouviram o relato, incluindo a preocupação de Paulão em não avisar ninguém mais. A indecisão durou pouco e a garota propôs:

— Nando, não podemos esperar pelo seu pai.

— Você nos leva lá, Alemão?

— Sem o seu pai?

— Nós deixamos um bilhete, ele irá em seguida.

Quase três horas depois, estavam de volta ao lugar onde Alemão e Paulão haviam feito o desembarque. Cobriram o barco com galhos e folhagens e tocaram pela trilha, encontrando Paulão no lugar combinado.

— Tava ficando preocupado... E o seu Jorge?

— Estava fora; nós resolvemos vir — explicou Nando.

— Eu conversei com eles — revelou o primeiro, emocionado.

— E eles? Estão bem? — indagou Tetê apreensiva.

— Graças a Deus! Estão naquela cabana.

Os jovens não se agüentavam de tanta alegria. Nando lembrou-se de perguntar:

— Não apareceu ninguém?

— Não. Aparentemente, só está o guarda — informou Paulão.

— E o que estamos esperando? — indagou Tetê ansiosa. — Vamos libertá-los!

— É arriscado! A porta tá trancada com cadeado e o guarda tá armado.

— A gente podia invadir a casa enquanto ele dorme.

— Não. A porta deve estar trancada por dentro. Com ele fora da casa, teríamos mais chance.

Paulão pensou e propôs o plano. Avisados com antecedência, Caco e Lucimar começariam a gritar, chamando pelo guarda. Ele sairia para ver o que se passava e todos lhe cairiam em cima, tomando-lhe a arma.

— E se a gente não conseguir tomar a arma?

— Deixe de agourar, Alemão! — censurou Tetê. — Temos de aproveitar enquanto ele está sozinho.

Paulão voltou à cabana do lago e revelou o plano aos prisioneiros, que não conseguiam dormir de tanta ansiedade. Em seguida, reuniu-se aos companheiros junto à porta do guarda. As costas pregadas na parede, os jovens já começavam a inquietar-se, quando os amigos puseram em prática o combinado.

— Socorro! Serafim, socorro!

Não foram necessários mais que alguns segundos para que os gritos de Caco e Lucimar surtissem o efeito desejado. Ouviram um ruído no interior da casa e, imediatamente, a porta abriu-se, surgindo o guarda, atrapalhado entre segurar a calça e a arma. Então caíram todos sobre ele, ao mesmo tempo.

— Quem... quem são vocês?

O efeito surpresa valeu. Estatelado no chão, o vigia piscava os olhos rapidamente, sem querer acreditar no que via. Ladeada por três jovens de feições ariscas, a garota de óculos apontava-lhe o rifle, pronta para disparar contra seu nariz.

33

Enfim, livres

Impossível refrear tanta emoção. Diante de tal profusão de lágrimas e abraços, era difícil imaginar alegria maior. Por fim, sentaram-se na varanda extenuados, como se tivessem enfrentado um exército.

— Puxa, amiga, quc saudade!

— Tetê, você não imagina como senti falta das suas implicâncias!

— Alegria, Caco, você está livre!

O garoto examinava os companheiros como se ainda não acreditasse na liberdade. Lucimar, pelo contrário, não cabia em si de contentamento.

— Nando, meu amigo... Imagino como vocês devem terse preocupado.

— Valeu! Valeu principalmente pela alegria deste instante.

— E você, Paulão... Quando me chamou através da parede lá, na cabana... nem dá pra explicar o que eu senti...

— Eu devia isso a vocês... já disse à Fernanda.

Os dois encararam-se por um instante e seus olhos diziam mais que palavras, para decepção de Caco, que não perdia um gesto. Nando percebeu e tratou de mudar o centro de interesse:

— Acho que podemos ir... Já pensaram se chega o resto do bando?

— Eles só virão à tarde — retrucou Lucimar, tranqüilizando-o. — Aliás, pelo que o Serafim nos contou, virá o chefe em pessoa pra decidir o nosso destino.

— O chefe? Vocês já sabem quem está por trás de tudo isso?

— Não, Nando. Mas é só esperar pra ver.

— Nós não precisamos esperar pra saber — interveio Alemão. — O Serafim pode dizer quem é.

Amarrado a um dos postes que sustentavam a cobertura da varanda, o guarda riu com ironia. E, como resposta, cuspiu de lado, por pouco não atingindo o pé do garoto.

— Que tipo! Além de antipático, é porco! — descarregou Tetê, afastando-se dele. — Na delegacia, ele confessa!

Esqueceram então o prisioneiro em favor do tema central.

— Afinal, por que vocês foram seqüestrados? — interrogou Paulão. — Vocês sabem o que os bandidos queriam?

— É mesmo! Pelo que sabemos, a Lucimar pretendia fazer uma reportagem sobre o Boitatá — secundou Alemão.

— Olha, eu não sei mais do que vocês. A única coisa que descobrimos é que a quadrilha está metida em contrabando de peças arqueológicas.

— Peças arqueológicas? Quem podia imaginar uma coisa dessas? — disse Nando admirado.

Diante da referência, Paulão levou a mão à cabeça e exclamou, virando-se para Alemão:

— Lembrei quem é que tem uma propriedade por aqui...

O outro deu de ombros. Paulão completou:

— O doutor Carneiro, pai da Fernanda.

34

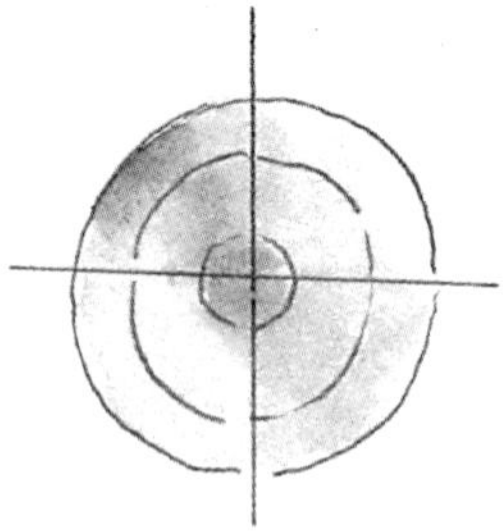

O chefe na mira

O bilhete deixado para Jorge Alves indicando-lhe a direção a tomar valeu como argumento decisivo para a permanência do grupo no local. Como o chefe ficara de vir à tarde, provavelmente o pai de Nando chegaria antes. Em caso de imprevisto, também o chefe seria enfrentado. Pelo menos agora possuíam uma arma.

Apesar do entusiasmo, às cinco da manhã, Lucimar, Nando e Paulão eram os únicos a permanecer acordados. A garota mostrou-se preocupada:

— Não podemos dormir. O Serafim disse que o chefe viria só à tarde, mas quem garante que ele estava dizendo a verdade ou que o chefe não vai mudar de idéia?

— Não se preocupe, Lucimar… Nem que eu quisesse, conseguiria dormir — tranqüilizou Nando.

— Nem eu! — acrescentou Paulão. — Não durmo enquanto não souber quem tá por trás dessa sujeira toda.

Por segurança, recolheram-se ao interior da casa, e, após amordaçar o vigia, amarraram-no ao pé da cama. Os três mantiveram-se firmes, falando até o amanhecer, para espantar o sono, e de olho no caminho do rio, para ver se não vinha ninguém. Só depois que clareou e os dorminhocos acordaram, surgiu a novidade.

— Acho que ouvi um ruído — avisou Nando, pegando a arma.

— Você ouviu alguma coisa, Paulão?

— O Nando tá certo. Vem alguém aí, mas não é barulho de barco, não.

Lucimar, Paulão e Nando mantinham os rostos colados na vidraça, enquanto os demais guardavam distância, atentos ao ruído do motor.

— É um jipe! — reconheceu Paulão, e, de fato, logo em seguida, surgiu o veículo, freando na borda da clareira.

— Quem será? — interrogou Lucimar, aos cochichos.

— O ronco do motor parou. Será que ele desconfiou de alguma coisa? — propôs Tetê.

Paulão mantinha-se calado, apreensivo. Lucimar percebeu e tratou de atenuar a tensão:

— Não diga bobagem, Tetê. Nós nem sabemos quem chegou. Pode ser o seu Jorge.

Nesse instante, Nando apontou:

— Olhem... são dois! E não é meu pai; disso eu tenho certeza.

Desconcertado, Paulão baixou a cabeça e Nando revelou:

— É o Bicalho... e o pai do Paulão.

Os jovens entreolharam-se sem saber o que fazer, e um mal-estar geral apoderou-se de todos. Ninguém arriscou nenhum comentário, até que Beirão se pôs a chamar:

— Paulão! Paulão!

E, logo em seguida:

— Lucimar! Nando!

— Ei, essa voz... é do meu pai! — exultou Nando.

— Eles... eles estão juntos? — perguntou Paulão, confuso.

— Há outro veículo! Eles estão juntos! Meu pai encontrou o bilhete e deve ter avisado que você estava aqui.

— Vai lá, Paulão, seu pai deve estar preocupado — incentivou Lucimar.

O garoto deixou a casa e saiu correndo, feliz da vida.

— Tô aqui, pai.

— Que alívio! — Tetê suspirou. — Ia ficar muito chato se o chefe fosse mesmo o Beirão.

No reencontro com Jorge Alves, voltaram todas as emoções da noite. Sentiam-se, finalmente, em paz. Depois de serenada a excitação, abraçado ao filho, Beirão comentou:

— Jorge Alves, agora imagino o que você deve ter sentido com o desaparecimento dos garotos... Quando você me

leu o recado, dizendo que o Paulão havia ficado no meio dos bandidos, eu quase tive um troço!

— Felizmente, tudo acabou bem. Agora, já podem voltar para a vila — propôs o delegado, mais amistoso que de costume.

— Nada disso! — contrariou Lucimar. — Ninguém vai me tirar o gostinho de ver a cara do chefão na hora da prisão.

Beirão argumentou em seu favor:

— Eu até entendo a posição da moça. Depois do que ela passou... Além disso, é perigoso sair daqui, agora, e topar com o sujeito pelo caminho.

— Não havia pensado nisso — transigiu o delegado. — Vamos esconder os veículos.

Com a decisão de esperar pelo chefe, Bicalho ficou de guarda no ponto em que Alemão escondera o barco. E a reunião no acampamento virou confraternização geral: quem visse a troca de gentilezas entre Jorge Alves e Beirão diria que eram aliados, amigos. A harmonia só se rompeu quando surgiu Alemão, com o rosto avermelhado de excitação:

— Seu Jorge, seu Beirão... venham ver o que eu e o Caco descobrimos.

Ele falou e virou as costas, correndo, enquanto os homens tentavam segui-lo.

— O que será que eles descobriram agora?

— Pelo jeito vamos saber logo, Beirão.

Atravessaram a estreita faixa de terreno entre o lago e o rio e não demoraram a saber o motivo de tanta excitação entre os jovens.

— Quem diria! — comentou Jorge Alves admirado.

— Não é à toa que os pescadores andavam apavorados! Essa coisa é feia mesmo! — concordou Beirão.

— Imaginem isso de noite, com luzes vermelhas acesas nos olhos e essas corcovas fosforescentes! — acrescentou Lucimar.

Presa ao tronco de uma árvore por grossa corrente, oscilando ao sabor das águas, estava a razão de tudo: o Boitatá. A Cobra de Fogo não passava de um barco a motor convencional, revestido com uma grotesca fantasia em forma de serpente ou dragão.

— É mais um mistério que chega ao fim. Com certeza essa cobra de araque era usada para espantar os pescadores e facilitar o trânsito noturno do contrabando.

— Eu acho que é isso mesmo, seu Jorge. Por isso vigiavam o Julião, que foi morto... Provavelmente, ele sabia que o Boitatá não passava de uma encenação. Enfim, esse será um dado interessante pra minha reportagem — considerou Lucimar, de novo tomada pela paixão jornalística.

Beirão concluiu a conversa com ar grave:

— Pois é, agora só falta pegar o chefão.

35

A longa espera

Devidamente assessorada por Alemão, que descascou as batatas, e por Nando, que se responsabilizou pelo tempero, Tetê preparou o melhor arroz com fritas que o grupo já havia experimentado. É verdade que não comiam desde o dia anterior, mas não só por isso rasparam o fundo da panela. Até o prisioneiro aprovou os dotes culinários da garota.

Após o almoço, os jovens estavam reunidos na sacada, quando Lucimar mencionou constrangida:

— Paulão... quando comentei sobre o contrabando, você lembrou que o pai da Fernanda tinha terras por aqui...

— Também reparei — intrometeu-se Tetê. — E fiquei com a pulga atrás da orelha, porque o doutor Carneiro é especialista em peças arqueológicas da região.

Lucimar ouviu o aparte e interrogou de forma incisiva:

— Você suspeita do doutor Carneiro?

— De jeito nenhum! Eu vinha tentando me recordar de quem é que tinha uma propriedade por aqui e não conseguia. E me lembrei naquele momento por causa das peças arqueológicas. Se soubesse que daria margem a mal-entendidos, não teria falado.

— Que é isso, gente? O interesse do doutor Carneiro é puramente científico! — endossou Nando.

— Será mesmo? — retrucou Tetê, pondo em dúvida.

— Não diga bobagem, Tetê — censurou Lucimar. E acrescentou: — Só perguntei pra confirmar; não senti nenhuma insinuação nas palavras do Paulão.

— Está tudo explicado — tranqüilizou Nando.

— Está em termos! Ainda acho cedo pra descartar o doutor Carneiro — insistiu Tetê, que antipatizara com o homem.

Caco mantinha-se apático; em parte, porque dormira pouco e, em parte, porque não ignorava a visível atração entre Lucimar e Paulão. Acompanhou a discussão sem interesse e, quando falou, foi para demonstrar o despeito que o dominava:

— Estou ficando preocupado... Se o chefe não é o pai do Paulão, nem o delegado, nem o doutor Carneiro, quem é, então? Já, já vão dizer que sou eu!

Alguns riram. Paulão propôs:

— Estou começando a achar que o chefão não é ninguém conhecido...

— Também pensei nisso — endossou Nando. — Outro dia, na casa da Fernanda, o pai dela comentou que a região está infestada de piratas, que há uma verdadeira ponte entre a Amazônia e o Caribe, a Flórida...

— No lugar dele, dá até pra entender que procure apontar outros suspeitos — sugeriu Tetê. — Da mesma forma que se entende por que o Nando prefere não acreditar na outra hipótese...

Paulão ficara contrariado com a citação de seu pai entre os suspeitos, e agora foi a vez de Nando, que não conseguiu esconder o constrangimento pela insinuação da amiga.

— Então, a troco de que me seqüestraram? — tornou Caco, contribuindo para aliviar a tensão.

— Nós chegamos a pensar que o motivo fosse político, por causa do compressor — comentou Nando. — Agora, no entanto, parece claro que o problema era o contrabando.

— Se são contrabandistas, que não nos conhecem, por que nos seqüestrariam? — insistiu o primeiro.

— Por causa da reportagem sobre o Boitatá! — respondeu Lucimar. — Eles temiam que nós descobríssemos a farsa.

— A Lucimar tá certa! — apoiou Paulão. — Sem o Boitatá, os pescadores voltariam a pescar de noite, dificultando as operações dos contrabandistas.

Caco não se convenceu, mas calou-se. E Tetê, igual; sentia que já fora além da conta em suas insinuações. Os demais, pelo contrário, não perdiam a oportunidade de externar sua alegria. Falavam e riam o tempo todo, como se jamais tivesse existido a menor desconfiança entre eles. O mesmo sucedia com os adultos, que se comportavam como velhos amigos.

No fim da tarde, quando já mostravam certo desânimo pela espera prolongada, o delegado chegou correndo e avisou:

— Depressa! Pra dentro!

Entraram e permaneceram em silêncio. Beirão e Bicalho, na casa onde haviam amarrado o prisioneiro. Jorge Alves e os jovens, noutra mais afastada. Protegidos pelas vidraças foscas, teriam uma visão perfeita de quem se aproximasse da clareira.

O veículo freou em algum ponto da mata, antes de chegar aonde estavam. Ouviram o ruído da porta batendo e então apareceu alguém à beira do caminho.

— Nando... Nando... — Lucimar começou a gaguejar e não conseguiu falar.

— O doutor Carneiro chegou! — acusou Tetê, botando a cabeça fora da porta.

Lucimar puxou-a para dentro e disse:

— Você está precisando de óculos novos, Tetê... Eu não conheço o doutor Carneiro, nunca o vi, mas tenho certeza de que não é ele quem vem lá.

— Só pode ser! Se você não o conhece, como pode saber que não é ele?

— Porque a pessoa que vem lá, Tetê, é muito conhecida de todos nós...

— Quietos, todos! Ainda não sabemos se é ele — observou Jorge Alves. — Ele pode ter vindo se juntar a nós.

Foi o tempo de falar, e o recém-chegado chamou:

— Serafim! Onde você se meteu?

— Essa voz... essa voz... é do Dorico! — reconheceu Tetê.

— Serafim! — chamou o homem de novo.

— Eu não acredito! Ele deve estar procurando pela gente.

No momento em que o vice de Jorge Alves se encaminhou para a cabana do lago, o delegado empurrou o bandido amarrado para fora.

— Dorico! Aqui está o seu amigo.

Surpreso, o homem estranhou a quantidade de gente que saiu de dentro da casa. Ficou subitamente pálido e não esboçou a menor reação. Encarou por um instante o companheiro de campanha e baixou a vista.

36

Enfim, férias

Os jovens dormiram quase dois dias seguidos. No sábado, os pais de Fernanda ofereceram uma peixada para todos, incluindo Jorge Alves. E no domingo, finalmente, o grupo pôde ir divertir-se no Samba-Reggae, a sensação de Curupá.

— Paulão, achei o lugar muito legal!

— Não exagera, Lucimar! O lugar não está com essa bola toda, não — criticou Tetê.

— Desculpe, Tetê... é o melhor que temos — replicou o garoto.

Enquanto tomavam seus lugares, Fernanda comentou:

— Se tivesse ficado o tempo que a Lucimar ficou naquela cabana, também acharia isso um luxo!

— Nem diga! — concordou Mirinho, à vontade entre os motoqueiros. — Se a gente pudesse adivinhar no que ia dar aquela saída...

— Eu não me arrependo! Pensem na história que eu vou escrever.

— Reportagem é pouco. Com o que vocês passaram lá, dá pra escrever um livro emocionante! — considerou Fernanda.

Como falassem todos ao mesmo tempo, Mirinho levantou-se para ser ouvido. E pediu:

— Não se esqueça de mim, Lucimar. Também sou personagem.

— Aliás, foi o único a sair ferido!

— O único? Já esqueceu que quase fui comido pelas piranhas? — esbravejou Caco, com ciúme.

Os companheiros caíram na gargalhada, pois Lucimar já havia contado o episódio do lago. Ele, porém, não recuou:

— De que é que vocês estão rindo, hein? Olha só a marca da dentada na minha perna.

E riram mais ainda, porque não havia marca nenhuma.

Nando experimentou seu suco e comentou:

— Felizmente, tudo acabou bem.

— Menos pro Dorico! Ele vai ser acusado de contrabando, seqüestro, assassinato, formação de quadrilha...

— Ele me enganou direitinho! — reconheceu Tetê.

— Era um homem ambicioso. Queria poder... dinheiro...

— Ora, Nando: se queria poder, por que não se candidatou à presidência do sindicato?

— Ele não tinha chance — intrometeu-se Paulão. — Então se juntou ao seu Jorge. Mas não estava satisfeito.

De mãos dadas com ele, Lucimar acrescentou:

— O Dorico devia imaginar também que, mais cedo ou mais tarde, o seu Jorge acabaria descobrindo sua ligação com o contrabando. Então passou a sabotar a campanha.

— Exatamente — apoiou Nando. — Ele sabia que, se houvesse radicalização, meu pai desistiria. E Dorico contaria com o apoio dos pescadores, que estavam furiosos com o Beirão.

Fernanda balançou a cabeça e questionou:

— E o seqüestro se enquadra aí também?

— No início, acho que ele queria só pregar um susto. Se estavam de olho no Julião, é porque ele sabia de alguma coisa. Mais tarde, deve ter-lhe ocorrido que, nos mantendo em seu poder, seria mais fácil manobrar o seu Jorge e até tirá-lo da disputa.

Mirinho, apoiando a explicação de Lucimar, declarou:

— Acho que foi isso mesmo que aconteceu. Minha dúvida é se foi ele que matou o Julião.

— Eu acho que sim — opinou Nando, após uma pausa. — Dorico e meu pai estiveram na Aldeia Velha na tarde anterior à nossa ida. E o Bicalho disse que o Julião havia sido morto fazia pelo menos doze horas.

Paulão assentiu:

— Não há dúvida! Enquanto procuravam pelo Caco e pela Lucimar, eles devem ter se separado por alguns instantes e aí aconteceu. Ele não precisaria de mais que uns poucos minutos.

— Que horror! Eu pus a mão no homem — recordou-se Tetê.

No momento em que Nando se levantou, todas as atenções voltaram-se para ele. Esperavam que fosse acrescentar algo; porém, em vez disso, o menino convidou:

— Fernanda, vamos dançar?

— Ótima idéia! Vamos.

Os dois saíram para a pista de mãos dadas. Quando Paulão e Lucimar se preparavam para fazer o mesmo, Tetê interpôs-se entre eles, oferecendo-se para dançar. Como o jovem olhasse instintivamente para Lucimar, Tetê esclareceu:

— Não se preocupe, Lucimar. Só preciso de uns minutinhos pra eliminar uns mal-entendidos.

Caco percebeu a oportunidade e não esperou. Levantou-se, estufou o peito e pigarreou. Quando ia convidar a amiga, Mirinho tomou-lhe a frente:

— Lucimar, vamos dançar?

— Claro, Mirinho!

Encabulado, Caco tornou a sentar-se. Alemão percebeu seu jeito e tentou consolá-lo:

— Tá vendo aquelas meninas na outra mesa? Elas tão doidinhas pra saber sobre o seqüestro, o Boitatá, sua aventura com as piranhas...

— Elas disseram isso?

— Eu passei lá perto e as ouvi cochichando. Aliás, a cidade não fala noutra coisa.

— Puxa! O que é que estamos esperando? Vamos lá!

IMPRESSÃO EDITORA PARMA (011) 64624000